AS PEQUENAS ALEGRIAS

VIRGINIE GRIMALDI

AS PEQUENAS ALEGRIAS

TRADUÇÃO: Julia da Rosa Simões

GUTENBERG

Título original: *Et que ne durent que les moments doux*

EDITORA RESPONSÁVEL
Flavia Lago

EDITORAS ASSISTENTES
Natália Chagas Máximo
Samira Vilela

PREPARAÇÃO DE TEXTO
Aline Silva de Araújo

REVISÃO
Natália Chagas Máximo

ILUSTRAÇÃO DE CAPA
Paula de Aguiar

DIAGRAMAÇÃO
Guilherme Fagundes

Dados Internacionais de Catalogação na Publicação (CIP)
Câmara Brasileira do Livro, SP, Brasil

Grimaldi, Virginie
As pequenas alegrias / Virginie Grimaldi ; tradução Julia da Rosa Simões. -- 1. ed. -- São Paulo : Gutenberg, 2024.

Título original: *Et que ne durent que les moments doux*

ISBN 978-85-8235-643-2

1. Ficção francesa I. Título.

21-95505 CDD-843

Índices para catálogo sistemático:
1. Ficção : Literatura francesa 843

Maria Alice Ferreira - Bibliotecária - CRB-8/7964

A **GUTENBERG** É UMA EDITORA DO **GRUPO AUTÊNTICA** 

São Paulo
Av. Paulista, 2.073, Conjunto Nacional
Horsa I . Salas 404-406 . Bela Vista
01311-940 São Paulo . SP
Tel.: (55 11) 3034 4468

Belo Horizonte
Rua Carlos Turner, 420
Silveira . 31140-520
Belo Horizonte . MG
Tel.: (55 31) 3465 4500

www.editoragutenberg.com.br
SAC: atendimentoleitor@grupoautentica.com.br

Para Maël.

1
ÉLISE

O apartamento é exíguo, mas bem localizado. A dois passos do metrô, a três ruas da delegacia e a cinco minutos do hospital. A Gare Montparnasse é que fica um pouco longe.

Esvaziei todas as caixas da mudança, limpei os banheiros, montei os móveis e colei nosso sobrenome na caixa de correspondência. Passo para a organização da louça rememorando a mudança anterior.

Tinha sido num sábado de agosto. Fazia calor e, na porta do elevador com cheiro de xixi, o desenho de um enorme pênis nos saudava. Thomas não parou de rir durante toda a subida, até o quarto andar, Charline lamentou não ter ido morar com o pai. Ele tinha 8 anos, e ela 12.

Antes mesmo de montar os móveis, decorei os quartos deles. Cores bonitas nas paredes, para apagar o trauma do divórcio. Thomas escolhera um papel de parede cheio de naves espaciais, Charline optara por uma pintura lilás. O vendedor da loja de decoração nos avisara: para evitar inalar odores tóxicos, era preciso arejar bem os quartos por no mínimo 48 horas e, se possível, não dormir dentro deles. Passamos duas noites dormindo no chão da sala nova, em nossos colchões. Meu filho enroscado em meu braço esquerdo, minha filha aninhada em meu braço direito. Esse acampamento improvisado é uma de minhas lembranças preferidas.

Guardo os pratos e Thomas aparece à porta. Sua cabeça quase toca o batente superior.

– Mãe, viu meu carregador?

– Em cima da geladeira. Está com fome?

– Um pouco – ele responde, dando de ombros.

Vasculho o armário e encontro uma barra de chocolate amargo. Ele sorri.

Todo fim de dia, esse é o nosso ritual. Chegamos em casa na mesma hora, Thomas do colégio, eu do escritório. Nos encontramos na cozinha, corto duas grossas fatias de pão, nas quais disponho dois quadradinhos de chocolate, e coloco tudo no forno por três minutos, o tempo exato para uma crosta resistente e um miolo derretido. Nem sempre conversamos, ele costuma mergulhar no celular, mas estamos juntos.

– Charline te mandou um beijo – ele diz, e dá uma mordida no pão com sofreguidão.

– Falou com ela?

– Por mensagem. Ela vai ligar amanhã.

Seguro-me para não limpar a mancha marrom na ponta de seu nariz. Ele calça 45, usa barba e acaba de tirar a carteira de motorista, poderia se ofender. Pego um guardanapo, ele sorri. Está feliz.

– Viu a hora? – pergunta.

Olho para o relógio. *Já!?*

Volto para o armário e retomo a arrumação dos pratos.

– Mãe, você vai perder o trem.

– Não, tenho tempo.

– Mãe… está tudo bem. Não se preocupe.

Fecho o armário, dou uma última volta na sala, o mais devagar que posso, pego minha bolsa, coloco um sorriso no rosto, abraço meu filho com força e saio de seu primeiro apartamento, para o qual acabo de ajudá-lo a se mudar. Em algumas horas, estarei no meu, vazio, a seiscentos quilômetros de distância.

2
LILI

Você vai nascer hoje. Eu não estou pronta.

Tinha vindo apenas fazer um exame.

O doutor Malois estava sorridente. Eu tirei a roupa, deitei, abri as pernas e, como sempre, escondi meu desconforto com palavras. Sempre preparo o que dizer. Escolho com antecedência o assunto a propor ao obstetra quando ele se aproxima de minhas intimidades, interessante o suficiente para que eu me esqueça de mim mesma, mas não demais, para que ele se mantenha concentrado. O assunto do dia era o calor infernal daquele mês de setembro, "o senhor viu isso, doutor, parece que estamos em julho, é insuportável e, com vinte quilos a mais, nem queira saber, tenho a impressão de viver dentro de um forno, tudo fica mais complicado com esse calor, hoje levei dez minutos para sair da cama, parecia uma tartaruga deitada sobre o dorso, não aguento mais, o frio precisa voltar, embora eu não goste de usar meia-calça, ao menos não perderei três litros ao tentar colocá-la, já chega, não estamos num veranico de inverno, mas em um veranico de inferno".

Meu humor estava tão pouco à vontade quanto eu.

Quando o rosto do doutor Malois emergiu de minhas coxas, ele não estava mais sorrindo. Ficou em silêncio, e eu com vontade de perguntar alguma coisa. Ele tirou as luvas cheias de sangue, encheu minha barriga de gel, ligou a tela e, antes de encostar o aparelho em minha pele esticada, acariciou minha cabeça. Entendi que era grave.

Enquanto eu era levada para a ala cirúrgica, tentei me lembrar de todas as reportagens sobre prematuros que vira sem prestar atenção. *Quais eram as chances de sobrevivência de um bebê com sete meses de gestação? Quais eram os riscos de sequelas?* Não tive coragem de perguntar. Olhei para o teto.

Há nove pessoas a nosso redor. Seu pai está a caminho. Espero que chegue antes de você.

A obstetra responsável pelo nosso parto me explica o que vai acontecer, ela tem a voz suave dos que anunciam o pior, escuto sem escutar, olho para a porta esperando que seu pai a abra, o anestesista pica minhas costas, bato os dentes, eles me cobrem com o lençol cirúrgico, engulo minhas lágrimas, você não pode sentir meu medo, olho fixamente para a maldita porta, eles abrem meus braços em cruz, murmuro para você que vai dar tudo certo, a porta se abre, seu pai chega. Você também.

Querido, sou eu.
Cheguei bem.
Não se esqueça de fechar as venezianas
assim que começar a escurecer,
nunca se sabe. Beijos. Mãe.
21h34

Obrigado pela ajuda, mãe. Não se preocupe
comigo, está tudo bem. Amo você.
22h56

Amo você mais ainda. Mas espero que tenha
fechado as venezianas. Beijos. Mãe.
22h57

3
ÉLISE

Nunca demorei tanto para percorrer a alameda que leva a meu prédio. Pensei em não voltar para casa de imediato, prolongar o autoengano e chafurdar um pouco no passado, mas preciso sair com Édouard.

Meu adorável filho deixou um vazio, e também seu cachorro.

Édouard pesa catorze quilos, treze de intestinos. Como os gatos, todos os dias me deixa um presente, que não é um pássaro.

Insisti para que Thomas levasse o cachorro: "Querido, um animal precisa do dono, vocês estão juntos o tempo todo, há seis anos, você não pode abandoná-lo, trabalho o dia todo, ele vai ficar sozinho, vai sentir sua falta, veja esses olhinhos cheios de amor, vamos, seja razoável, ele vai parar de comer, você vai ficar com peso na consciência, seu insensível, dono indigno, assassino", mas nada adiantou. Édouard agora é minha única companhia.

Subo as escadas. O elevador é rápido demais.

Édouard não está atrás da porta quando a abro. No entanto, é isso o que sempre faz desde sua vida passada, quando foi um peso de porta. A entrada está vazia, o tapete limpo. A cozinha, silenciosa. Ninguém na sala. Começo a me preocupar quando um ronco chama minha atenção. Na ponta dos pés, vou até o quarto de Thomas.

As paredes ainda carregam as marcas da adolescência. Ao lado de um cartaz de um show de rock, algumas fotografias emolduradas, um desenho a lápis nunca terminado e tachinhas solitárias. A prateleira branca ostenta com orgulho medalhas empoeiradas, testemunhas derradeiras dos feitos de meu filho nos aparelhos de ginástica. Seu primeiro violão está no chão. No guarda-roupa aberto, vejo duas camisetas pequenas demais e um jeans rasgado demais, meias sujas demais e um blusão desprezado demais, tricotado por mim depois de sua primeira desilusão amorosa. No lugar da cama, um vazio. No lugar da escrivaninha, um vazio. No lugar do meu coração, um vazio.

No lugar da cadeira, Édouard.

Ele me observa com um olho só, o outro olha para o teto. Édouard tinha 4 anos quando o adotamos. Foi o presente de aniversário de Thomas, ele não queria outra coisa. Quando entendi que o pedido não era um simples capricho, aceitei realizá-lo, desde que ele cuidasse de Édouard. Ele era o cachorro mais feio do abrigo. Tinha um pelo branco amarelado, orelhas enormes, um dente para cada lado e olhos esbugalhados. Thomas se apaixonou.

– Mãe, não podemos levar esse cachorro, vamos pagar o maior mico! – gemeu Charline.

– É esse que eu quero – disse Thomas.

Minha filha tentou fazer de tudo para que o irmão se interessasse por um labrador, por um buldogue francês e por um pequeno vira-lata adorável, mas Thomas não mudou de ideia, e ele tinha um argumento imbatível:

– Ele me lembra o vovô.

Meu pai havia morrido três meses antes. Thomas o adorava. Ele era fascinado por astronomia e pela natureza, e pegava as crianças com frequência para observar árvores, insetos e constelações. Morreu no dia de seus 74 anos. Chamava-se Édouard.

O cachorro deve ter visto meu olhar como um incentivo, pois se levanta e corre na minha direção, escorregando no assoalho, a língua tremulando como uma bandeira. Não tenho tempo de me proteger, ele toma impulso com as patas traseiras, fica em pé e suas unhas arranham minhas panturrilhas.

– Merda, Édouard!

Dou um grito. Ele se estatela com a barriga no chão. O voluntário do abrigo de animais nos avisara no dia da adoção: Édouard sofrera maus-tratos. Ele não suportava que elevássemos o tom de voz e levava um susto ao menor ruído, mesmo quando este vinha de seu próprio corpo. Uma vez, ele se mijou de medo ao me ver com uma vassoura. De tanto receber amor, recuperou a confiança no ser humano, mas velhos traumas sempre podem ressurgir.

Abaixo-me e faço uma leve carícia em sua cabeça. Ele rola de costas e me oferece sua barriga rosada. Seu rabo balança entre as patas. A nosso redor, o vazio do quarto me faz lembrar da minha situação. Levanto e saio, deixando Édouard sozinho com sua expectativa de afeto.

4

LILI

Não sei onde você está.

Você foi arrancada de meu ventre, aproximada de meu rosto por alguns segundos, depois levada para longe.

Sua avó (minha mãe) me contou várias vezes sobre nosso primeiro encontro. Ela me reconheceu na mesma hora. Eu era a filha dela. O amor a invadira. Eu tinha certeza de que sentiria a mesma coisa.

Não reconheci você.

Fiquei aliviada de ouvi-la chorar. Observei seus cabelos, vi bolhas saindo de sua boca, avaliei que tinha um tronco comprido e uma voz potente. Mas não fiz relação entre aquele pequeno ser e o bebê que fazia minha barriga e meu coração crescerem.

Estou num quartinho exíguo, na unidade de tratamento intensivo. Seu pai está com você. Eu me sinto sozinha pela primeira vez em sete meses.

Não era para ser assim. Eu havia encenado tudo em minha cabeça por várias vezes.

Sinto pânico de parto desde o dia em que, por volta de meus 8 anos, folheei um fascículo sobre gravidez que encontrei no quarto de minha mãe. Ela estava grávida de meu irmão (seu tio Valentin). A última folha mostrava uma foto terrível, inesquecível, de algo que se parecia muito com a cabeça de um bebê saindo do lugar por onde fazemos xixi. Fiz muitas perguntas para sua avó, ela as dispensou com uma carícia em meu rosto. O folheto desapareceu depois disso, oferecendo à minha imaginação a oportunidade de acrescentar ainda mais horror à imagem antes de gravá-la em minha memória. Muito jovem, decidi não ter filhos, ou então eles precisariam de um lugar "por onde fazemos xixi" diferente do meu. Quando conheci seu pai, o desejo de gerar um ser que se parecesse com o homem que amo encobriu meus medos.

Ao longo de toda a gestação, pratiquei o pensamento positivo para diminuir minha angústia: você nasceria num dia de sol radiante, as contrações seriam como cócegas, a obstetra se deslocaria dançando, seu pai declararia o amor dele por mim, o tempo não estaria nem quente nem frio, o rádio tocaria Radiohead, eu faria força duas ou três vezes no pior dos casos, e, no melhor, eu apenas espirraria e você apareceria em plena forma, seria colocada sobre mim, seu olhar se fixaria no meu, lágrimas escorreriam por meu rosto sem deformá-lo, seu pai nos beijaria, e pronto, seríamos uma família.

Não foi isso que aconteceu.

Você não devia ter nascido antes de estar pronta.

Eu não devia ser mãe antes de me tornar uma.

THOMAS

Bom dia, meu querido, sou eu. Como foi a segunda noite? Lembre-se de se hidratar, vai fazer muito calor hoje. Beijos. Mãe.
9h08

Tudo bem? Mãe.
10h43

Sim, eu estava dormindo. Beijos.
11h34

Beijos, meu querido. Não se esqueça de beber. Mãe.
11h35

Água, é claro. Beijos. Mãe.
11h36

5
ÉLISE

Minha filha faz 23 anos hoje.

Ligo para ela à meia-noite em ponto, horário de Londres.

– *Hello*, mãe!

– Feliz aniversário, querida!

– Obrigada! Parabéns, você foi a primeira.

Sei que ela adivinha meu sorriso satisfeito. É uma pequena prova pessoal: todos os anos, gosto de inaugurar esse dia de festa. Afinal, também é meu aniversário. Sou mãe há 23 anos.

Ouço a voz zombeteira de Harry, seu *boyfriend*:

– *Parwabéns, sogrwa*, ganhou de novo!

– Sou imbatível, pode desistir.

Charline compartilha as novidades de sua vida do outro lado do Canal da Mancha, conto o que fiz nos últimos dias, ela me pergunta se estou bem, eu minto, nos damos boa-noite e, depois, silêncio.

Um silêncio que me martela os ouvidos.

Ligo a televisão para não me ouvir pensar. Na TF1, uma troca de tiros. Na France 2, uma cena de amor. Na France 3, um jantar em família. Na France 5, um debate. Na M6, desligo a televisão.

Édouard ronca a meus pés.

Eu gostaria que o sono chegasse, mas ele também se mudou para longe. Então deixo os pensamentos sombrios me corroerem. A saudade vive à noite.

Sempre temi a partida deles. Quando Charline nasceu, uma mudança se operou em mim. Embora antes eu mantivesse uma relação bastante amigável com o tempo, passei a criticá-lo por voar. Durante toda a gravidez, havia sido avisada: "Aproveite, passa rápido demais". Eu acolhia o conselho com educação, mas achava as pessoas que o davam insuportáveis. Com o primeiro choro de Charline, tornei-me uma delas. Desde que sou mãe, o tempo não passa mais da mesma maneira.

Meus últimos 23 anos foram dedicados a meus filhos. Não me sacrifiquei. Ser mãe deu sentido para minha vida. Eu finalmente me tornava útil. Finalmente era importante para alguém. Um tanto egoísta, admito. Mas não calculei: a maternidade restabeleceu em mim o que a infância havia perdido.

Eu alimentei, troquei, afaguei, embalei, acalmei, escutei, tratei, reconfortei, protegi, mimei, adorei, admirei, acolhi, acordei, consolei, encorajei, acarinhei, acompanhei e eduquei meus filhos. Vi-os crescer, engatinhar, caminhar, nadar, entrar em relacionamentos e na vida ativa. Vi a menina que não ousava dançar na festa da escola apresentar um projeto na frente de um grande público. Vi um bebê que chorava assim que eu me afastava começar novos estudos em Paris. Com eles, vivi minhas maiores alegrias, meus piores medos e construí minhas mais belas lembranças. Fico mal quando eles estão mal, seco suas lágrimas contendo as minhas. Eles ocuparam todo o espaço de meu coração. Preencheram todos os meus vazios.

Várias vezes, eu pensei no dia em que fossem embora. A cada vez, sentia a mesma angústia. Afastava-a com frases feitas: "É a vida", "partem porque estão prontos", "nossos filhos não nos pertencem". Mas só uma conseguia realmente me consolar: "Temos tempo. Ainda não chegamos lá".

Agora chegamos.

Depois de 23 anos de dedicação exclusiva, tornei-me uma mãe aposentada.

6
LILI

Você é tão pequena, mas ocupa muito espaço.

Faz quinze horas que a observo, na incubadora, coberta de tubos e fios. Desci assim que fui autorizada a me locomover na cadeira de rodas. Disseram-me que eu deveria descansar, mas pensarei nisso mais tarde, depois, quando seus pulmões, seu estômago e sua vida não dependerem mais de aparelhos.

Você está no térreo, meu quarto fica no terceiro andar. Seu pai se sente bem depois da sesta de duas horas que tirou, promete ficar com você, diz que preciso dormir. Ele tem razão, meus braços tremem e minha cabeça gira, mas o que mais preciso agora é manter os olhos abertos. Tenho medo de que, ao fechá-los, você se apague.

Como se olhar para o lado pudesse fazê-la escapar, como se olhar para você pudesse impedi-la de morrer. Como se a vida só pudesse ser protegida pelo nosso olhar.

Para passar o tempo e não pensar demais, escrevo. Seu pai me trouxe um caderno de capa amarela. Todas as noites, registro palavras que se dirigem a você, sem saber se um dia você as lerá.

A enfermeira que cuida de você se chama Florence. Ela tem os cabelos castanhos e o sorriso calmo, fala com você como se a amasse, então eu a amo também. Perguntei: "Ela vai conseguir?". É a única coisa que eu desejo, meu amor. Pode levar meses, anos, pode ser que eu tenha que passar todas as minhas noites em pé, pode ser que você não ouça direito ou que tenha a visão prejudicada, isso não tem importância alguma, desde que você sobreviva. Pensei muitas coisas, fiz planos para os próximos quarenta, cinquenta anos se eu começar a me exercitar. Aceito desistir de suas aulas de violão ou do seu casamento ao ar livre, desisto de colocar em você gorros com orelhas de gato e abro mão dos desenhos animados embaixo das cobertas, mas não de você.

Florence me explicou que você estava em desconforto respiratório devido a uma imaturidade dos pulmões. Que estava cansada demais para se alimentar sozinha. Ela me garantiu que estão fazendo o possível para que tudo se resolva da melhor maneira. Não é o suficiente. Quero que ela me prometa que você vai sobreviver. Que um dia, ainda que distante, deixaremos a maternidade com você no colo, como os pais em êxtase que vejo nos corredores. Quero que ela me jure que você dormirá em seu bercinho, que virará nossos dias de cabeça para baixo, que arruinará nossas noites, que, em alguns anos, tudo isso não será mais um pesadelo, apenas uma lembrança ruim.

Mas ela não pode. Aqui, não se oferecem garantias. Estamos na UTI neonatal, não no Serasa.

7
ÉLISE

Nunca esperei por uma segunda-feira com tanta impaciência. Trabalhar me parece mais fácil do que ficar em casa. Chego cedo ao escritório, onde vejo apenas Nora e Olivier, ele já com seus fones de ouvido. Um embrulho me aguarda sobre o teclado de meu computador. Minha colega sorri:

– Pensei que um estimulante cairia bem.

Uma bela fatia de queijo basco e um pote de geleia de cereja. É a primeira vez que um queijo me deixa com um aperto na garganta.

– Quer conversar? – pergunta Nora.

Balanço a cabeça, indicando Olivier com os olhos. Ela entende que não quero me expor na frente do rapaz e me passa uma faca.

– Pareço tão deprimida assim?

– É para o queijo! – ela soltou uma gargalhada.

Não tenho tempo de usá-la, pois a senhora Madinier, responsável pelo setor, chega naquele momento. Ela aperta minha mão com um sorriso sarcástico:

– Então, tudo pronto? O pássaro deixou o ninho?

Eu não respondo. Mas é preciso muito mais do que isso para conseguir desencorajá-la.

– Não pode ter pensado que ele ficaria em casa até os 50 anos. Nossos filhos não nos pertencem, não entendo essa mania das mulheres de se apropriar de seus descendentes. É um novo começo, aproveite para descobrir coisas novas, ainda é jovem, ora essa!

Em vinte anos, aprendi a conhecer a senhora Madinier. Ela tem uma opinião formada sobre tudo e não consegue deixar de compartilhá-la, principalmente quando não solicitada. É mais forte do que ela, como um tique nervoso. As mulheres são seu alvo favorito. Diz que as preguiçosas ousam se beneficiar de uma licença-maternidade, mas que ela voltou ao trabalho uma semana depois do parto. Sem peridural, obviamente, que é para as fracas. E fala sobre as desavergonhadas que têm a petulância de usar minissaia, decote, batom, ou os três ao mesmo tempo. Depois vêm choramingar porque foram assediadas. Nas primeiras semanas, fiquei calada, eu não podia perder aquele emprego, mas começava cada dia com um nó na garganta. Em pouco tempo, perdi o controle e tentei fazê-la entender que suas palavras eram inaceitáveis. Logo percebi que era inútil. Pior ainda, que ela parecia gostar daquilo.

Então, como minhas colegas, paro de ouvir quando ela começa a verter seu fel, como se fosse uma música de fundo irritante que só acaba na última nota. No fim, talvez a vida dos outros seja mais fácil de julgar do que a própria.

Sem nem olhar para mim, ela continua seu monólogo:

– Se precisar de companhia, arranje uma chinchila! Ou um homem, ora! Por que não encontra um companheiro?

Olivier tira o fone de ouvido e solta uma gargalhada ruidosa. A senhora Madinier fica me encarando. Está à espera de uma resposta. Desestabilizada, gaguejo:

– Porque... há... não tenho...

Nora vem a meu socorro, pergunta-lhe sobre uma conta recebida. Atiro-me sobre o pedaço de queijo.

Chego à casca quando minha colega se agacha a meu lado. Os outros já voltaram ao trabalho e deixaram minha vida de lado.

– Você deveria fazer aulas de dança africana – ela cochicha.

– Como?

– A Madinier tem um parafuso frouxo, mas nesse ponto não está totalmente errada. A vida não acaba só porque os filhos saem de casa. Você sempre voltava direto para casa depois do trabalho para ficar com seu filho, agora tem tempo para si mesma. Trancada em casa, vai ficar deprimida. Tem interesse por alguma atividade?

Penso por alguns segundos.

– Nunca pensei nisso... Eu acho que gostaria de desenhar, ou de tocar piano.

– Caramba, Élise, você não tem nem 50 anos! Não me diga que quer fazer cerâmica também!

– Ah, por que não?

Ela olha para o teto:

– Você me cansa. Venha comigo para a aula de dança africana, na terça-feira à noite. Tenho certeza de que vai adorar!

– Nora, você é um amor, mas tem 27 anos. Não temos exatamente a mesma forma física.

– Que se dane! Cada uma segue o próprio ritmo, o objetivo é se divertir. Além disso, tem gente de todas as idades, você não será a única velha.

Ela ri ao perceber o que acaba de dizer. Nora está em meu setor há três anos, sempre cheia de bom humor. Ouço seu riso, penso em meu apartamento vazio, me imagino suando ao som de tambores, penso em meu apartamento vazio, ouço as queixas de minhas articulações, penso em meu apartamento vazio e digo a Nora que tudo bem, por que não, estarei lá na terça-feira à noite.

8
LILI

A noite é o pior. Eu já não gostava dela antes.

Ajustei o despertador para tocar de três em três horas, para tirar meu leite. Eu ainda não sabia se queria amamentar. Decidi tentar, sem pressão.

Consigo tirar alguns mililitros a cada vez, mas saber que sua força vem disso é importante para mim. É uma maneira de perdoar meu corpo por não ter sabido protegê-la.

Eram quatro da manhã quando o despertador tocou. No quarto vizinho, um recém-nascido berrava. Invejei a mãe dele. Voltei a pensar em todas as pessoas que nos haviam avisado: "Aproveitem, depois vocês não vão dormir nunca mais!". Eu daria um monte de coisas para que você me impedisse de dormir.

Apertei o botão para levantar a cabeceira da cama, estava com dor, tinha a impressão de que a cicatriz se romperia. Tentei me sentar, escorregando as pernas, segurando-me nas grades, rolando de lado. Depois de cinco minutos, precisei aceitar um fato: não conseguiria sozinha. Como todas as noites, seu pai dormia num pequeno sofá-cama. Chamei-o cochichando. Murmurando. Cantarolando. Ele grunhiu, se virou, mostrando o rosto sonolento e o pijama caído, e voltou a dormir. Chamei com mais força, ele soltou o ar com força. Atirei o controle remoto em cima dele.

– Merda, Lili, ficou maluca?

– Desculpe, preciso de ajuda.

– E você não pode chamar a enfermeira? Há uma campainha ao seu lado.

– Perdão. Pensei que meu marido pudesse me ajudar.

Ele se levantou, suspirando:

– Desculpe, estou muito cansado. Me dê a mão, vou ajudar.

Empurrei-o e explodi:

– Está cansado? Mesmo? O pobrezinho está cansado de quê? De ter vomitado por três meses? De ter a barriga aberta como um embrulho? De ter perdido um litro de sangue? De passar o tempo todo tirando leite? De precisar suplicar por ajuda para fazer xixi? De não conseguir dormir de tanto pavor? Caramba, eu gostaria de saber por que está tão cansado, querido, para poder ajudá-lo a descansar!

Apertei a campainha. Ele se deitou, em silêncio.

A enfermeira me ajudou a levantar e posicionar o extrator de leite. Comecei a coleta tentando zerar os pensamentos. Em vão.

Estava tremendo de raiva. É fácil sentir raiva para disfarçar a tristeza e o medo, para ocultar a culpa e a vergonha. A raiva é uma emoção coringa, que toma o lugar das que nos sobrecarregam, e que nos permite aguentar firme, transformando-nos em perfeitos tiranos. Conheço bem o fenômeno, já o experimentei. Há alguns anos, enfrentei a maior provação de minha vida e, de quebra, repeli quase todos os amigos que tinha.

Não sei por que seu pai catalisou minha raiva. Talvez porque ele parece tranquilo demais. Estou feliz, mas aterrorizada, ele está feliz sem nenhum porém. Ele admira seu narizinho sem ver a máscara que o recobre, ele abstrai os tubos que a ligam à vida e se comove com você, ele olha para as coisas como elas são, não como elas poderiam ser. Talvez porque ele pode voltar para nossa casa se quiser. Talvez porque todos o consideram incrível por não fazer isso. Talvez porque ele está ali, nada mais. Maltratamos melhor aqueles que amamos.

Fui injusta.

Deixei o furacão passar, depois murmurei:

– Desculpe.

Ele não respondeu. Sua bunda me encarava.

Tirei o leite, chamei a enfermeira, para que ela guardasse o frasco na geladeira, e voltei a deitar. Estava entrando no sono quando a voz de seu pai chegou até mim:

– Você não está mais preocupada do que eu só porque diz isso em voz alta.

Oi, minha querida, é a mamãe! Vi que houve um acidente de ônibus em Londres, me dê um alô. Mãe.
16h54

Hello, mãe, aqui é Charline. Escrevo do além. Eu sabia que devia ter saído de bicicleta.
17h23

Ha, ha. Podia ter sido comediante. Se sair de bicicleta, não se esqueça do capacete. Beijos. Mãe.
17h24

9
ÉLISE

Desde que deixou de ser um peso de porta, Édouard se dedica à nova carreira de castor. Atacou a mesinha de centro, os pés do aparador da entrada e o armário da cozinha. Estou surpresa de que não tenha começado a defecar madeira. O veterinário disse que ele está deprimido.

– O dono dele foi embora, o cachorro se sente abandonado. Vou prescrever um tratamento, mas ele será ineficaz sozinho. A senhora precisa ajudá-lo a sair do marasmo. Brinque com Édouard, fale com ele, faça com que se sinta importante.

A caminho de casa, observo-o no retrovisor. Deitado no banco de trás, a cabeça pousada sobre as patas da frente, ele contempla o vazio com ar melancólico.

Não sei o que fazer com esse cachorro. Já estou bem atrapalhada com meus próprios humores, não posso me preocupar com os dele. Estaciono na frente do prédio, pego o telefone e faço uma ligação. Thomas atende no terceiro toque.

– Oi, mãe!

– Oi, meu querido. Tudo bem?

– Tudo ótimo! É urgente ou posso ligar mais tarde?

Um barulho me faz olhar para trás. Levo um susto. A cabeça de Édouard está a poucos centímetros da minha, suas orelhas tremem e seu rabo parece um metrônomo. Ele reconheceu a voz do dono.

– Nada de urgente, só queria notícias suas.

– Ok, beijo!

– Beijo, meu...

Ele desligou.

Levo vários minutos para conseguir convencer Édouard a descer do carro. Ele se arrasta até a entrada do prédio e sobe as escadas como se a morte o esperasse em casa. Encorajo-o sem convicção, o desânimo é mais forte do que eu.

Minha paciência se torna coisa do passado assim que entro em casa. Tranco a porta, guardo os sapatos e vou direto para o banheiro. Édouard se senta na minha frente e me encara com o olho direito. Fecho a porta, irritada. As crianças do apartamento de cima correm ruidosamente. A mãe grita para que se acalmem.

Quando saio, o cachorro não está mais ali. Na cozinha também não. Nem no quarto de Thomas. Nem no meu. Depois de percorrer todos os cômodos, encontro-o na sala. O lorde está tranquilamente instalado no sofá. Ao me ver chegar, ele vira a cabeça e olha para a parede.

– Édouard, desça já daí.

Nenhuma reação.

– Vamos, saia, você sabe que é proibido!

Ele não se mexe. Sua cabeça está quase toda para trás, suas orelhas estão para baixo e seus olhos esbugalhados fixam um ponto na parede. O gênio realmente acha que, se não me olhar, não o verei.

Não consigo deixar de rir, provocando o imediato desbloqueio de seu rabo. Ele é a única coisa que se mexe, freneticamente, numa amplitude pequena, como se ele tentasse se controlar. Sem pensar, grito na direção do quarto de meu filho:

– Thomas, venha pegar seu cachorro!

O silêncio me responde, é claro. Várias vezes me esqueço de que ele não está mais aqui. A cada vez, a mesma bofetada.

10
LILI

Hoje de manhã, você subiu para o setor de neonatologia, no quarto andar. Não precisa mais ficar na incubadora, um berço aquecido é suficiente. Dizem que é promissor.

O setor está dividido em três zonas: azul, rosa e verde. Você está na segunda.

Você tem seu próprio leito, fechado por uma porta envidraçada. As persianas estão cerradas para que a luz não a agrida. Em volta do berço, alguns aparelhos, uma poltrona azul, uma cadeira, uma mesa, gavetas para guardar suas coisas, material de higiene e, na parede, um quadro branco onde podemos desenhar, escrever ou colar fotos, para personalizar seu primeiro lar. Podemos ir e vir quando quisermos, de dia, de noite, e ficar o quanto desejarmos. "Vocês estão em casa", eles disseram.

Até então, eu não havia ousado pegá-la no colo. Eles me diziam que seria bom para você, que os efeitos do toque da pele dos pais eram incríveis, eu respondia que tinha medo de que você sentisse frio, que não queria incomodá-la, que você estava dormindo tão bem. Na verdade, não era por você que eu tinha medo.

Eu sabia que estaria perdida se sentisse você sobre mim.

Hoje de manhã, concordei.

Sentei na poltrona azul, tirei a camiseta e o sutiã e esperei que a colocassem sobre mim. A enfermeira se chamava Estelle. Foi de uma delicadeza extrema. Ela não falava, cantarolava. Ajudou-me a instalá-la sobre mim cuidando para não desconectar nenhum fio. Senti medo, sabe, daqueles medos que precedem os encontros importantes.

Você estava só de fralda, e logo encontrou uma posição de que gostasse, encolhida sobre minha barriga, o rostinho minúsculo sobre meu seio. Eu não via a máscara, não sentia os tubos. Eu não ouvia os bipes.

Sabia que estava perdida.

Minhas pernas tremiam e, um pouco mais para o alto, sob a caixa torácica, num lugar chamado coração, uma revolução acontecia.

Não sei se você vai sobreviver, meu amor, mas vou correr esse risco. E se tudo der errado, se o pior acontecer, ao menos terei sentido seu pequeno ventre se erguendo contra o meu, suas mãozinhas se mexendo sobre minha pele, ao menos terei me aproximado desse sentimento poderoso, incondicional, ao menos terei me tornado mãe.

Olhei para o relógio.

Terça-feira, 18 de setembro, 9h43.

O momento exato em que reconheci você.

11
ÉLISE

Eu não sabia que tínhamos tanta água no corpo. Com tudo que estou suando, poderíamos acabar com a falta de água no planeta. Nora, absolutamente seca, me lança sorrisos de encorajamento. A aula de dança africana começou há mais de dez minutos e já estou lamentando não ter optado pela cerâmica.

A professora se chama Mariam. Alta, cabeça raspada, veste cores vivas e joias douradas, ri alto e todos os seus gestos parecem uma coreografia. Ela nasceu para dançar. Não a perco de vista. Arrisquei me olhar no espelho, mas levei um susto. Prefiro me imaginar tão graciosa quanto ela.

– Você está indo muito bem! – diz minha colega.

Tento agradecer, mas estou sem fôlego. Concentro-me na música, tento seguir os passos, saltito num pé, no outro, balanço os braços, suo, ofego, descubro a existência de músculos até então ignorados e, ao que tudo indica, rancorosos. Mas não detesto a aula. Pelo contrário. Redescubro sensações adormecidas.

Mais jovem, antes do casamento, antes dos filhos, eu gostava de dançar. Todos os sábados à noite, fazia o mesmo ritual: ao volante de meu Renault 5, passava na casa de Muriel, depois na de Sonia e, por fim, na de Caroline. No som do carro, uma fita cassete tocava nossas músicas preferidas, gravadas de uma emissora de rádio. Chegávamos ao bar Macumba por volta da meia-noite e, depois de cumprimentar todos os conhecidos, íamos para a pista. Sob uma névoa nicotinada e luzes coloridas, ao som de Cock Robin, Midnight Oil, INXS, Depeche Mode, A-Ha ou Niagara, esquecia da hora, do cansaço, das mágoas.

Mariam anuncia um intervalo. Sinto vontade de beijá-la. Esvazio minha garrafinha de água enquanto ela se aproxima de mim.

– Então, o que está achando?

Balanço a cabeça, recuperando o fôlego:

– Estou gostando, mas não consigo acompanhar direito a aula. Não tenho mais 20 anos!

Ela solta uma gargalhada:

– Quantos anos você tem?

– Quase 50.

– É mais jovem que eu.

Dessa vez, eu que engasgo. Nora intervém:

– É verdade, Mariam tem quase 60.

De perto, vejo o que não havia percebido: rugas na testa, pálpebras caídas, cabelos grisalhos que começam a crescer.

– A idade é uma prisão – diz a professora. – Recuso me deixar aprisionar. Há idosas de 20 anos, eu sou uma jovem de 60! Você está livre para escolher.

Dou de ombros:

– Sinto muito, mas meus joelhos não concordam com você.

A gargalhada retorna:

– Venha todas as semanas, prometo que no fim do ano seus joelhos voltarão a ter 20 anos. Vamos, meninas, voltando!

Lanço um olhar para o relógio. Os ponteiros se aceleram no intervalo e param durante o esforço. Mariam seleciona a música e a tortura recomeça.

No fim da aula, estou empapada de suor. Todas batem palmas, enquanto tento recuperar a forma humana. Nora me incentiva:

– Você deu conta, estou pasma!

– Odeio você.

Ela ri:

– Eu sabia que você gostaria. Ficarei feliz se voltar na semana que vem.

A voz de Mariam se eleva, interrompendo meus planos de vingança:

– Ah, senhoras, um aviso antes de irem embora. A associação Pequenos Passos, da qual faço parte, procura por voluntárias. Se vocês tiverem um pouco de tempo livre, uma reunião de informações ocorrerá na sexta-feira.

Não sei se o abuso de exercícios físicos pode provocar crises de paranoia, mas tenho a desagradável sensação de que ela não tira os olhos de mim.

– Para fazer o quê? – alguém pergunta.

Mariam sorri para mim como se eu tivesse feito a pergunta:

– Dar colo a recém-nascidos hospitalizados.

12

LILI

Eu não queria ver ninguém. Não tinha vontade de conversar. Quando estou mal, eu me encolho. Atravesso minha dor sozinha. Mas nos disseram que seria bom para você receber visitas.

Seu avô (meu pai) abriu os trabalhos. Seu pai foi buscá-lo na recepção da maternidade. Você dormia em cima de mim. Ele entrou devagar, com seu sorriso discreto, depositou um beijo em minha testa e, sem dizer palavra, com o olhar, perguntou se podia beijá-la. Quando os lábios dele tocaram suas têmporas, vi tudo borrado.

Depois de seu pai, meu pai foi a primeira pessoa que soube de você. Você media apenas alguns milímetros, ainda estávamos na fase em que os abortos espontâneos eram comuns, mas eu não quis esperar. Mesmo que fosse efêmero, mesmo que algo acontecesse, ao menos teríamos proporcionado a ele essa felicidade.

Ele se sentou na nossa frente e me estendeu um embrulho. Sinalizei que estava com os braços ocupados, ele riu de nervoso. Seu pai o abriu, era um bichinho de pelúcia com barriga grande e pernas compridas.

Ele confessou, murmurando, que a vendedora o ajudara a escolher. Não sei por quê, mas aquilo me comoveu, imaginá-lo numa loja, procurando um presente para você.

Ele não ficou muito tempo. Falou de coisas amenas, como se quisesse me contagiar com elas, perguntou quando você sairia, não ousei dizer que não estávamos na fase do "quando", mas na do “se”. Ao sair, ele disse a você “até logo, minha querida”, e isso me partiu o coração.

Sua madrinha veio um pouco mais tarde. Ela é minha amiga mais antiga. A primeira vez que nos vimos foi no primeiro dia de aula do primeiro ano. Ela usava sapatilhas cor-de-rosa, maravilhosas. Alguns dias antes, eu suplicara à minha mãe que comprasse um par para mim, mas elas eram caras demais. Ganhei um par de tênis e um pirulito da vendedora, para secar minhas lágrimas. Quando a professora nos disse para escolher um lugar na sala de aula, sentei ao lado da menininha de sapatilhas cor-de-rosa. Em vinte anos de amizade, aprendemos a ler, escrever, perdoar, beijar garotos, dormir uma na casa da outra, sair de casa sem acordar os pais, entender uma à outra, guardar segredos, perder, perdoar e superar o insuperável. Quando minha vida se despedaçou, aos 13 anos, muitos fugiram de minha dor, mas a mão de sua madrinha não soltou a minha. Pacientemente, ela me viu juntar todos os pedaços, me ajudou a recolhê-los e aceitou que alguns não fossem parar no mesmo lugar de antes, que eu não fosse mais a mesma. Um ano depois, quando a vida dela voou pelos ares, nossas mãos se soldaram para sempre. Às vezes, a amizade começa com um par de sapatilhas cor-de-rosa.

Ela entrou no leito, me abraçou com força e acariciou seu pé, foi o máximo que se permitiu fazer.

– Então, florzinha, já quer ser o centro das atenções?

Ela havia preparado a piada. É bom quando falam conosco como se tudo estivesse normal.

Ela trouxe um bichinho de pelúcia amarelo com orelhas grandes e algo para mim:

– Não vejo por que mimar apenas a bebê. Caramba, é você que vai ficar com hemorroidas!

Era um queijo de cabra e um pedaço de pão. O melhor presente. Álcool, ostras, salame, suportei todas as restrições da gravidez, porque elas eram para seu bem. Antecipei a proibição do cigarro, parando de fumar dois anos antes. Mas não passei um dia sem me queixar por não poder comer queijo. Tentei me contentar com os queijos permitidos, de leite pasteurizado, mas nenhum se igualava ao *rocamadour* – um *cabécou* com leite de cabra cru. Me perdoe, mas entreguei você a seu pai para honrar meu presente como devia.

Sua madrinha ainda estava aqui quando seus avós paternos chegaram. Você continuava aninhada no peito de seu pai. Eles trouxeram mais um bichinho de pelúcia, cor-de-rosa, parabéns, você vai poder começar uma coleção. Sua avó a encheu de beijos, seu avô murmurou que você era bonita. Vi que seu pai segurava o choro. Aproveitei a saída de sua madrinha para deixá-los a sós. Acompanhei-a até o andar de baixo, cheguei a ousar uns passos na rua. Fazia um calor seco, eu havia me esquecido de que estávamos no verão. Nesse momento, me sinto no inverno.

Percorri o longo corredor, estava quase chegando a seu leito, quando a voz de sua avó chegou até mim. Entendi que falava com seu pai:

– Se ela tivesse sido mais cuidadosa, talvez não estivéssemos aqui.

– Mãe…

– É o que penso! Deveria ter parado de trabalhar, como avisei, mas ela só faz o que quer. Agora sabemos o que acontece.

Fiquei paralisada, no meio do corredor. Eles não me viam. Estelle, a enfermeira, me lançou um olhar interrogador, balancei a cabeça. Esperei a resposta de seu pai, que não veio. Então entrei no leito e sua avó me recebeu sorrindo e elogiando minha cara boa.

Eles saíram pouco depois. Estelle os dispensou, dizendo que estava na hora dos cuidados médicos.

Eu não quis discutir na sua frente. Você precisa de ondas positivas, não de ouvir seus pais brigando. Esperei que chegássemos a nosso quarto. Sempre me sinto no auge da fragilidade quando acabo de deixar você.

– Poderia ter me defendido.

– Do que está falando?

– Você sabe muito bem. Sua mãe me acusa de ser responsável pelo fato de nossa filha ser prematura e você não diz nada.

Ele estendeu a mão na minha direção, dei um passo para trás.

– Lili, você conhece minha mãe, sabe que não adianta nada...

Ele tentou me consolar, me trazer à razão, mas me mantive em silêncio até o sono chegar. Não o culpava. Estava ocupada demais em culpar a mim mesma.

Desde que você nasceu, a culpa se tornou minha dama de companhia. E se eu tivesse comido mais legumes? E se eu tivesse parado de trabalhar? E se eu tivesse pedido a seu pai que carregasse as compras do supermercado? E se eu não tivesse passado o aspirador de pó?

Meu corpo falhou, a culpa é minha.

Eu gostaria que seu pai fingisse não pensar o mesmo.

CHARLINE E THOMAS

Bom dia, meus queridos, é a mamãe. Meu corpo todo dói. Vocês sabiam que temos músculos na sola dos pés? Vou comer uma massa. Beijos. Mãe.
8h56

Charline
Hello! Eu não sabia que comer massa era bom para dores musculares. Beijão, mãezinha.
9h44

Acho que não é. Beijos. Mãe.
9h46

Charline
Então por que dizer que vai comer uma massa?
10h32

Porque vou comer uma massa. Beijos. Mãe.
10h33

Thomas
Realmente fascinante.
11h07

13

ÉLISE

Deitada em minha cama, contemplo o teto do quarto. Sou toda dor e desconforto. Os músculos me fazem pagar caro por minha audácia. Gemo a cada movimento, portanto, economizo cada gesto. Tenho a impressão de ter levado uma surra. Um dia, nunca se sabe, se eu precisar exaurir alguém, vou inscrever essa pessoa numa aula de dança africana.

Édouard me observa da entrada do quarto, como se me julgasse. Vejo o brilho de seu olho direito. Se ele pudesse, riria.

Saio da cama com dificuldade, mas sem gemer. Édouard se agita, ele quer sair. Visto-me o mais rápido que meus membros doloridos permitem, prendo a guia no pescoço do cachorro, fecho a porta e chamo o elevador. Cinco minutos depois, desisto. Ainda fora de serviço. Estragar o elevador é o novo hobby dos jovens do prédio.

Não é fácil descer quatro andares com as pernas duras. Pareço um compasso. Rezo para não cruzar com ninguém, então é claro que, no térreo, me deparo com a senhora Di Francesco.

Ela me cumprimenta com um aceno de cabeça cordial e segue até seu apartamento. Sei o que vai fazer. A senhora Di Francesco tinha 80 anos quando seu marido morreu. Desde então, tem 8. Todas as manhãs, absolutamente todas as manhãs dos últimos meses, ela se esgueira com sua frágil silhueta até as caixas de correio e premia os moradores do prédio com presentinhos personalizados. Depois, fica postada atrás do olho mágico de seu apartamento, de frente para o hall de entrada, e ali passa a maior parte do dia, espiando nossas reações. Ela não é discreta, chega a gritar de rir.

Todas as noites, junto com as cartas e as propagandas, encontro bolotas de carvalho em minha caixa de correio. Porque meu sobrenome é Duchêne. Ela deve ter um estoque dessas bolotas em casa. Considero-me sortuda; o senhor Laroche, do segundo andar, recebe pedras; a família Moussa, pedaços de sabão; e os Lapin, rodelas de cenoura.*

Édouard me arrasta para a rua, caminhamos até o quadrado verde mais próximo, pois o lorde só aceita deixar sua última refeição na grama – ou em meu tapete. Ele fareja o local por vários minutos, mas nenhum ponto o inspira. Meu relógio indica meu atraso.

– Vamos, Édouard, faça o que precisa fazer, preciso me arrumar para o trabalho. Abaixe-se e faça força!

Tomo consciência das palavras que acabo de dizer. Olho ao redor, ninguém parece ter ouvido. Nunca pensei que um dia me transformaria numa líder de torcida do sistema digestivo canino.

Édouard não se comove e segue o passeio olfativo. Meu celular vibra no bolso, a foto de minha filha aparece na tela. Meu coração acelera na mesma hora. Meus filhos me enviam mensagens, atendem minhas ligações, mas raramente me ligam. Não cobro isso deles, pelo contrário, fico feliz que tenham uma vida cheia, mas, quando acontece de me ligarem, não consigo deixar de imaginar o pior. Como alguém me ligando aos prantos. A voz de um bombeiro. Uma frase que faça tudo desabar.

– Hello, mãezinha!

---

* Em francês, o sobrenome Duchêne seria equivalente a Carvalho; Laroche a Rocha e Lapin a Coelho. O único que não teria uma referência direta em português seria Moussa, que no francês tem origem árabe e pode se referir a "mousse", que seria um tipo de sabão, por isso a brincadeira. (N.T.)

Sua voz está alegre. Meu coração volta a bater normalmente, os pássaros cantam, o sol brilha.

– Bom dia, minha querida, tudo bem?

– Tudo ótimo! Posso passar o fim de semana com você?

Que pergunta.

– Claro. Vocês dois?

– Não. Só eu.

– Tem certeza de que está tudo bem?

– Sim, sim. Tenho que ir, estou chegando ao trabalho. Envio a hora do pouso assim que reservar a passagem. Beijos, mãezinha, bom dia!

– Bom d…

Ela desligou.

Édouard arranha o chão. Ele terminou.

No hall do prédio, o senhor Lapin pragueja ao abrir a caixa de correio. Tenho que descrever a cena a Charline, ela vai gostar. Iremos ao cinema. Ou jantaremos na frente da televisão, como nos velhos tempos. Farei uma pasta de atum para comer com pão, ela adora. Ao pé da escada, enquanto tento me motivar para subir, Édouard se transforma numa estátua. Ele se recusa a sair do lugar. Puxo a coleira, suas patas deslizam pelo chão, mas seu corpo permanece imóvel. Não tenho tempo para negociar. Pego o animal teimoso no colo e subo as escadas. Na metade do caminho percebo que, desde a ligação de minha filha, a alegria vem ganhando de lavada da dor.

14
LILI

Pela primeira vez, antes de voltar para nosso quarto, seu pai e eu almoçamos na sala das famílias.

É um cômodo cheio de mesas, cadeiras, com uma pequena cozinha e um sofá, no fim do corredor. Lá podemos guardar comida, comer e receber os familiares. Brinquedos, livros e uma televisão permitem que outras crianças passem tempo na sala e que os pais tomem uma lufada de ar.

A mãe dos trigêmeos do leito 8 estava ali, comendo enquanto folheava uma revista, os pais do bebê ao lado e, perdida em seus pensamentos na frente da janela, uma mãe que nunca volta para casa e dorme todas as noites no sofá da sala das famílias. Cumprimentamo-nos, depois cada um voltou para sua bolha. Era estranho, como se todos cuidassem para não olhar uns para os outros.

Seu pai havia comprado um sanduíche no térreo, tão duro que meus dentes quase caíram. Que talento é fazer uma comida que combine tão bem com o humor das pessoas. Eu mastigava lentamente quando um enésimo alarme tocou. Por mais que estejamos acostumados, o efeito é sempre o mesmo. Todos erguemos a cabeça, depois o corpo inteiro quando as enfermeiras se agitaram. Não tenho o poder de ler pensamentos, mas sei exatamente o que todos pensaram: que seja com os outros.

Foi com os outros. O corredor vibrou um urro selvagem, o grito primitivo de uma mãe dilacerada. Num reflexo, corri até você, levantei-a o mais alto que os cabos me permitiam e enfiei o nariz em seu pescoço. Pela primeira vez, me senti com sorte. Alguns segundos depois, os braços de seu pai nos envolviam.

Não sei quanto tempo ficamos assim, os três, conectados.

Mais tarde, um médico veio nos ver. Ele se apresentou como doutor Bonvin, responsável pelo setor. Na casa dos 50 anos, bochechas redondas, mãos cheias de tatuagens e cabelos compridos e grisalhos presos num rabo de cavalo. Ninguém assim pode anunciar notícias ruins.

Ele não perdeu tempo:

– Ouvi dizer que a senhora estava muito preocupada com o futuro de sua filha.

Sua voz era grave, mas suas palavras pareciam envoltas em papel de seda. Coloquei-a suavemente no berço. Ele continuou:

– Ela chegou aqui em desconforto respiratório devido a uma DMH, doença da membrana hialina. É uma patologia à qual estamos acostumados, sabemos tratá-la. Sua filha reage bem, precisa apenas de um pouco de oxigênio, estou confiante de que poderemos encerrar o tratamento em breve e passar a uma simples assistência respiratória. Depois, ela precisará aprender a se alimentar sozinha.

Levei alguns segundos para entender.

– Está me dizendo que ela vai sair dessa?

Não reconheci minha voz. Ele sorriu:

– Digamos que sua filha é daquelas pacientes que não me preocupam. Talvez vocês ainda fiquem conosco por mais algum tempo, mas tudo deve correr bem.

Ordenei contenção a minhas lágrimas, mas elas desobedeceram.

– Desculpe – murmurei. – Tive tanto medo...

O médico balançou a cabeça:

– Não precisa se desculpar. É mais fácil para nós, conhecemos as patologias. Às vezes nos deparamos com surpresas, felizes ou trágicas, mas temos uma boa ideia da evolução de cada bebê. Para vocês, os pais, é tudo nebuloso. Não estamos do mesmo lado.

Uma enfermeira o chamou, ele acariciou você na cabeça e saiu do leito. Atirei-me nos braços de seu pai, deixei que meus soluços levassem para longe a angústia, a dor, a culpa, depois anunciamos a você a boa-nova. Vamos sair dessa.

15
ÉLISE

A reunião acontece na sede da associação. Numa pequena sala, as mesas foram dispostas em U e uma mulher escreve no quadro. Ela se apresenta como Hélène. Foi ela que atendeu minha ligação ontem.

Disquei o número fornecido por Mariam sem pensar. Emoções contraditórias me invadiam a cada vez que eu me imaginava pegando recém-nascidos hospitalizados no colo, eu não podia ignorá-las.

A conversa foi rápida. Hélène me fez algumas perguntas antes de me convidar a participar da reunião de informações que aconteceria na noite seguinte.

Somos onze. Hélène começa apresentando a associação, que trabalha para o bem-estar de crianças hospitalizadas. Cerca de vinte voluntárias se alternam junto aos pequenos pacientes em todos os setores pediátricos. O objetivo é fazê-los esquecer a doença e o isolamento, brincando, lendo e conversando com eles. Depois, ela chega ao assunto que nos diz respeito:

– Precisamos de voluntários no setor de neonatologia. Esse setor recebe bebês, quase todos prematuros, mas também recém-nascidos que sofrem de patologias que necessitam de cuidados médicos. O hospital há pouco abriu uma nova ala, que permite receber um número maior de recém-nascidos, de toda a região. Precisamos de acarinhadores, é assim que chamamos os voluntários aqui, em outras clínicas eles são chamados abraçadores ou ninadores, mas o objetivo é o mesmo: pegar os bebês no colo, falar com eles, niná-los, enchê-los de afeto.

Uma mulher de 60 anos levanta a mão. Então, Hélène lhe passa a palavra.

– Podemos escolher os bebês que queremos pegar?

– Não, não podemos – ela responde secamente. – Estamos aqui para responder às necessidades deles, não para brincar de boneca. Estudos mostram que os recém-nascidos que recebem carinho conseguem regular melhor seu ritmo cardíaco, sua temperatura, e o contato também permite atenuar a sensação de dor e estimular o bem-estar, reduzindo o estresse que vivem. Infelizmente, nem todas as crianças podem contar com a presença constante dos pais, então nós...

– Por quê? – interrompe o careca alto sentado à minha direita.

– Por que o quê? – pergunta Hélène.

– Por que os pais deixam os bebês sozinhos?

A instrutora anota algumas palavras em seu caderno, depois ela responde:

– Uma das principais qualidades de um voluntário é não fazer julgamentos. Cada família tem suas razões, uma não é mais válida que a outra. Algumas moram a mais de duas horas de distância, outras têm outros filhos para cuidar e ninguém para ajudar, há mães que não têm condições físicas de se deslocar por causa de um parto difícil, por exemplo, há casos de depressão pós-parto que impedem a criação do laço com o bebê, ou ainda famílias apavoradas demais para se confrontar com a realidade. Não estamos aqui para tomar seu lugar, apenas para substituí-las momentaneamente. Precisamos da autorização dos pais, aliás, para acarinhar seus bebês.

O homem aquiesce em silêncio, uma jovem balança a cabeça. Hélène prossegue sua exposição e lista as obrigações do voluntário. Devemos estar disponíveis ao menos uma vez por semana, em dia e horário fixos, nos comprometer por no mínimo um ano, apresentar uma certidão de antecedentes criminais, passar por uma sessão com um psicólogo, fazer um dia de estágio e um mês de teste.

– Perguntas? – quer saber Hélène ao terminar.

Sim. A instrutora responde com paciência, depois nos recebe individualmente na sala adjacente. Dez minutos para cada um, para conhecer nossas motivações.

Eu não esperava por isso. Se soubesse, teria preparado alguma coisa para dizer. Procuro as palavras, tento encontrar argumentos convincentes, agradar, mas minha mente dá um nó e só consigo articular banalidades. Hélène toma notas, agradece minha presença e me convida a chamar a pessoa seguinte. Levanto-me, sei que não me saí bem, eu não deveria me importar, mas sinto vontade de chorar. Quando abro a porta é que algo me vem, bem do fundo, de um lugar puro e verdadeiro:

– Tenho muito amor para dar, mas ninguém mais para recebê-lo. Todas as noites, acarinho minhas lembranças.

Hélène ergue os olhos do caderno, sorri e me pergunta se estou disponível na próxima quarta-feira, para o treinamento.

16

LILI

O bebê do leito vizinho foi para casa. Ao se despedir da equipe, a mãe dele sorria e chorava ao mesmo tempo. Parecia triste de deixá-los. Observei essa cena atrás da porta envidraçada e pensei que, se um dia sairmos, a única coisa que me fará chorar será uma cebola.

O leito não ficou vazio por muito tempo, uma incubadora chegou, seguida de um pai desnorteado. Tentei enviar-lhe um sorriso apaziguador, mas fui ignorada. Quando o céu cai sobre nossa cabeça, ficamos com nuvens nos olhos.

Às vezes, surge uma abertura.

Como essa manhã, em que Florence nos informou que, desde a noite passada, você conseguia se contentar com uma quantidade ínfima de oxigênio.

– É um progresso enorme! – ela afirmou, antes de colocá-la sobre mim.

No quadro branco, seu pai desenhou o símbolo da Mulher Maravilha e escreveu "Bebê Maravilha". Combina com você.

Mais tarde, recebemos a visita da psicóloga. Foi a primeira vez que a vimos. Chama-se Eva, fala baixinho, quase cochichando.

Ela me ouviu falar sobre a gravidez, as ultrassonografias, os chutes, o parto, seus pulmões, seu estômago, seus choros, seu sono, suas mãozinhas minúsculas, seu progresso, seu olhar... Ela não me interrompeu nenhuma vez. Esperou que eu tivesse acabado, me olhou fundo nos olhos e perguntou:

– Essa menininha parece muito bem. E você? VOCÊ. Como você está?

Ela quase cochicha, mas suas palavras fazem muito barulho.

Respondi que não sabia direito, que, apesar das palavras esperançosas do pediatra, o medo sufocava todas as outras emoções. Ela se sentou, prendeu os cabelos com um lápis e anunciou, em tom grave:

– Você não deu à luz uma criança, mas duas.

Perguntei-me que droga ela estaria tomando, mas ela continuou:

– Você deu à luz sua filha, mas não apenas ela. Tenho o prazer de lhe apresentar sua segunda filha: ela se chama Angústia. Ela é uma criança voraz, que se alimenta essencialmente de lágrimas, medo e raiva, a toda hora, em todo lugar, nunca está satisfeita. Ela sofre da síndrome do abandono, não tolera ser deixada sozinha. De noite, de dia, está sempre a seu lado. Pode ser que também seja egocêntrica, é normal. Ela precisa de muita atenção, de muita luz. Para isso, manifesta-se regularmente, com uma clara preferência pelos momentos menos esperados. Não vou mentir: é difícil conviver com ela, mas é a tradição. Todos os novos pais a recebem, como um presente de boas-vindas. É o segredo mais bem guardado da maternidade.

Ergui os olhos ao céu, costumo fazer isso quando a pessoa à minha frente tem razão, mas eu me recuso a admitir. Ela acabava de colocar em palavras tudo o que eu sentia desde o dia de seu nascimento. Algo havia nascido em mim, algo que eu pressentia que nunca mais me abandonaria.

Nunca fui uma pessoa ansiosa. Mais jovem, era inclusive daquelas que pensavam depois de agir e aceitavam as consequências. Antecipar nunca foi meu forte, e isso se aplicava a tudo. Prever a possibilidade de que algo pudesse ocorrer ou, pior, dar errado, nunca acontecia. A maior provação de minha vida reforçara essa característica. Aprendi que o destino não se deixava influenciar por previsões. Por mais que nos preparemos, invoquemos fórmulas mágicas, organizemos tudo, antecipemos todos os perigos, quando o destino decide bater à nossa porta, ele bate. De maneira profunda, fundamental, nada podia me abalar.

Antes de você nascer, eu nunca havia sentido estes sintomas: tenho um nó na garganta, um buraco no estômago, levo um susto ao menor ruído. Todas as minhas camadas de proteção foram arrancadas, caminho nua por uma floresta nevada cheia de caçadores, com um alvo em torno do pescoço. É isso. Você é meu alvo, meu calcanhar de Aquiles. Agora, amo alguém mais do que tudo, mais do que a mim mesma. Agora, sou vulnerável.

17
ÉLISE

O supermercado está cheio.

Pego a lista e encho o carrinho, corredor por corredor. Bebidas, frutos do mar, pão, ovos, legumes, frios, sobretudo queijos, ela não os encontra com facilidade em Londres.

Nosso primeiro jantar na frente da televisão aconteceu num dia de gripe, sete ou oito anos atrás. Eu mal me aguentava em pé, as crianças estavam febris, ficáramos de cama uma parte do dia. À noite, não tive forças para preparar o jantar. Coloquei sobre a mesa de centro algumas coisas para beliscar, escolhemos um DVD e, no sofá cheio de cobertas, a noite passou melhor para nós do que para nossos vírus. Depois, isso se tornou um hábito. Regularmente, por causa de um filme interessante, um dia difícil ou uma necessidade de reconforto, preparávamos nossas bandejas e passávamos algumas horas juntos, protegidos do resto.

Pego uma revista de palavras cruzadas. Charline é um ás. Sempre que vem para casa, preenche todas que ficam empilhadas no banheiro.

Compro alguns DVDs. Verifiquei o aparelho, que ainda funciona.

Minha filha deve aterrissar à uma da tarde. Não a vejo há quase dois meses. Ela me visitou em julho, veio passar uma semana de férias, encontrar as amigas e ir para a praia, que não fica longe daqui. Por sete dias, tive meus dois filhos comigo. Com a partida programada de Thomas, isso não se repetiria tão cedo. Aproveitei. Tirei centenas de fotos borradas, Charline até hoje zomba de mim, acompanhei suas respirações à noite, ouvi-os falar sobre meio ambiente, política, secretamente orgulhosa de tê-los educado bem. Não concordamos em tudo, alguns temas nos opõem, alguns traços de seus temperamentos me desagradam, alguns comportamentos me deixam contrariada, mas nunca me autorizei a criticá-los por isso. Deixei-os crescer como eles eram, não como eu queria que fossem.

Então, às dez horas, quando Charline me anuncia que não virá, no fim das contas, que apenas precisou adiar a viagem, "juro, mãezinha", eu me concentro em sua voz feliz, deduzo que tudo se arranjou com Harry, calo meu aperto no peito e esvazio o carrinho, corredor por corredor.

18

LILI

Hoje de manhã, assim que acordei precisei vê-la. Deixei meu café da manhã na bandeja, seu pai no banheiro, não tomei minha ducha, enfiei a meia-calça de compressão, as primeiras roupas que encontrei e fui voando a seu encontro. Enfim, voei como um pássaro que acabou de levar um tiro de escopeta. Preciso me deslocar o máximo possível sem a cadeira de rodas, mas cada passo vale por três. Sofro para levantar os pés, avanço com as costas encurvadas, gemo. Num jogo de sete erros com uma octogenária, não haveria nenhuma diferença entre nós duas.

O caminho até você é longo. Minha imaginação tem tempo de criar alguns filmes, e nem todos com final feliz. Empurro a porta pesada, higienizo as mãos, o corredor não acaba mais, espero que você esteja bem, passo na frente de alguns leitos, outros recém-nascidos, outros pais, outros destinos, não ouso olhar para eles, os aparelhos guincham, os bebês também, *e se você não estiver bem?*, olho fixamente para a porta de seu leito, parece tudo calmo lá dentro, ninguém se agita, e *se você estiver morta?*, só faltam mais alguns metros, meu coração dispara, prendo a respiração, faço uma oração silenciosa e, atrás do vidro, o alívio.

Você estava viva.

Florence estava com você. Aproximei-me. Você estava só de fralda. Sempre fico muito comovida quando a vejo sem roupas. Há algo de pungente em suas coxas minúsculas, em seus bracinhos frágeis, em seu peito enchendo e esvaziando como se aspirasse a vida. Você se agarrou a meu dedo, observei sua pele marmórea, a penugem em seus ombros, os olhos ainda desprovidos de cílios, você parecia tão frágil, senti vontade de abraçá-la com todas as minhas forças, até as que não tenho, quis sentir meu coração bater contra o seu, para servir de exemplo.

– Vou mudar a máscara dela, pode me ajudar?

Florence me explicou que eles estavam alternando o tamanho das máscaras para evitar que seu nariz ficasse marcado ou machucado. Eu disse que sim, mas na verdade não fui de muita ajuda. Estava ocupada demais contemplando você.

Com exceção de alguns segundos no dia do parto, foi a primeira vez que vi seu rosto.

Seus olhos estavam arregalados, fixos no vazio, a boca aberta num pequeno círculo, você estava perfeitamente imóvel, curtindo a sensação de liberdade.

Descobri que tinha o nariz arrebitado como o de seu pai, os lábios finos como os meus, mas um conjunto todo seu. Acariciei sua bochecha, que estava quente, tirei uma fotografia mental daquela cena para nunca mais esquecê-la. O aparelho tocou e Florence recolocou a máscara.

Eu ainda estava flutuando quando ela me trouxe para o chão.

– Então vocês saem amanhã?

Eu sabia que isso aconteceria. Ontem, fui avisada pela enfermeira: minha cicatriz estava boa, eu não estava mais anêmica, os quartos eram poucos e as pacientes numerosas. Eles não precisavam mais me manter ali. "Veja o lado bom das coisas, poucos pais recentes conseguem dormir à noite", ela acrescentara, rindo. Fiz força para não quebrar a cara dela.

Não quero ir embora. Você já está longe demais no andar de cima. Nossa casa fica no fim do mundo.

Ficamos com você até às três horas da manhã. Era nossa última noite antes de voltar para casa, não conseguíamos deixá-la. Por fim, quando começamos a roncar na cadeira, aceitamos fazer o caminho de volta até o quarto pela última vez.

Eu via tudo dobrado, seu pai tropeçava nas próprias olheiras, pensei que nunca chegaríamos. Encolhi-me na cama desconfortável pensando que não sentiria falta dela e, quando estava prestes a cair no sono, ouvi os soluços de seu pai.

CHARLINE E THOMAS

Olá, meus queridos, é a mamãe! Acabei de enviar um pacote para cada um pelo correio, não demorem a abri-lo. Um beijo. Mãe.
10h33

Charline
Hello, mãezinha! Espero que não seja um bichinho.
10h45

Thomas
Se for uma das orelhas de nosso pai, prefiro a direita.
11h46

Não sei quem educou vocês, mas erraram feio. Beijos. Mãe.
11h50

19
ÉLISE

Ainda bem que o fim de semana está terminando. Não sei mais o que fazer para fugir do tédio.

Descongelei o freezer, limpei os banheiros, escovei o tapete da entrada, comecei a ler três romances, abandonei a leitura de três romances, vi dois filmes deprimentes na televisão, dei banho em Édouard e rearranjei os móveis de meu quarto.

É domingo, logo serão 21 horas, estou deitada no sofá, olhando para o teto e me perguntando como vou ocupar minha vida.

Que ironia. E pensar que passei os últimos 23 anos querendo tempo para mim.

Perdi a conta das vezes em que encontrei uma desculpa para não jogar Banco Imobiliário com Charline ou Uno com Thomas. Das vezes que ouvi suas histórias sem prestar atenção, com pressa de que terminassem logo. Das vezes que não suportei ouvi-los gritar mamãe.

Eu daria muita coisa, agora, para comprar um hotel numa avenida do Banco Imobiliário.

Quero de volta as noites em claro, os refluxos, as cólicas, os choros, o batom esmagado na parede, os riscos na porta do carro, o vômito no pescoço, os pesadelos, as visitas desesperadas à emergência pediátrica, o telefone no banheiro, os cabelos cortados com tesoura escolar, as brigas entre irmão e irmã, o tobogã na escada, as horas de castigo, as notas ruins, as gastroenterites, os cigarros escondidos embaixo do colchão, as portas batidas, a primeira desilusão amorosa. Quero de volta todos esses momentos difíceis, agora que eles só existem em minhas lembranças.

Édouard lambe minha mão. Afasto o cachorro e me levanto. O computador está ligado, sento e pego o mouse. Antes de ir embora, Thomas criou uma conta para mim no Facebook. Nunca o utilizei, mas é uma boa hora para ter notícias de meus filhos sem precisar perguntar nada a eles. Fico sabendo que minha filha conheceu os avós de Harry no chalé deles, e que meu filho bebeu cerveja num bar. Escrevo um comentário:

"Se beber, não dirija."

Acrescento um monte de *emojis* piscando o olho e agradeço à pessoa que inventou essas carinhas que me permitem passar por uma piadista, embora eu seja apenas uma mãe chata.

Na mesma hora, uma outra mensagem aparece:

"Você se adaptou bem à vida parisiense, pelo que vejo! Aproveite, filhão. Beijos. Pai."

Eu não sabia que meu ex-marido estava no Facebook. Seu comentário surge logo abaixo do meu, nunca estivemos tão próximos desde nossa separação, há dez anos. Engulo a bola que se formou em minha garganta.

Eu deveria sair da internet e acabar a noite como havia imaginado, mas é mais forte do que eu. Clico na foto dele, seu perfil aparece e sua felicidade se espalha por minha tela. Em Londres, com Charline e Harry, nas Seychelles com Mathilde, sua esposa, esquiando com os amigos, no sofá com os gêmeos de 6 anos no colo. Abro freneticamente todas as fotos, leio os comentários de seus amigos, que já foram os meus, e quanto mais desenrolo o fio de sua vida, mais a minha parece insignificante.

Estou vivendo o que sempre temi. Estou sozinha. Meus filhos foram embora, meus pais estão mortos e minha melhor amiga, Muriel, mora em Los Angeles. Posso contar os outros amigos nos dedos de uma mão, Leïla, jovem avó ocupadíssima, Sophie, que viaja o mundo com a família, e Frédéric, monopolizado por sua empresa. Para não nos perdermos de vista, fizemos uma promessa, que cumprimos religiosamente: uma vez por ano, sempre na mesma data, passamos o dia juntos. Pensei que tinha mais amigos, mas alguns se sentiram obrigados a escolher um lado durante o divórcio. Não foi o meu.

Nunca sofri de solidão. Minha filha e meu filho me preenchiam. Eu me recusava a ouvir os que diziam que os filhos eram apenas uma parte de nossa vida, que era importante não viver apenas em função deles, para que um dia não nos encontrássemos sozinhos num ninho vazio. Isso não aconteceria comigo, eu pensava. Charline e Thomas eram próximos demais para voar para longe. Eles ficariam em Bordeaux e continuaríamos a nos ver com frequência, mesmo não morando juntos. Viveríamos numa cidade grande, com boas escolas e muitos empregos. Esse aliás fora um dos motivos que me impedira de mudar para Biarritz depois da separação. A região oferecia menos possibilidades, os jovens saíam para estudar em outro lugar. Seria presunçoso e egoísta.

Um barulho estranho, *plop*, escapa de meu computador. Examino a tela em busca de sua origem e meu sangue congela. Cliquei em "curtir" numa foto de meu ex-marido. Tento consertar meu erro, mas dessa vez, em vez de um polegar, é um coração que aparece. Em seguida, uma carinha raivosa. Depois de três tentativas, consigo apagar a prova de minha curiosidade. Um segundo depois, uma mensagem me informa que ele deseja me acrescentar a sua lista de amigos. Fecho o computador bruscamente, o coração pulsando nas têmporas.

Que idiota. Fui surpreendida por meu ex vasculhando suas coisas. Ele vai pensar que sua vida me interessa.

Um suspiro profundo me tira de minha sessão de autoflagelação. Édouard me encara. Tenho certeza de que me julga. Seria um erro não fazê-lo, o espetáculo que ofereço no momento é patético. Minha vida está em preto e branco e eu, imóvel no sofá, aguardo o retorno das cores. Talvez esteja na hora de pegar os lápis de cor.

20
LILI

Dormi com seu bichinho de pelúcia. Florence me aconselhou a colocá-lo no peito para ele ficar impregnado com meu cheiro. Assim, quando sairmos, você nos sentirá a seu lado.

Quando a enfermeira veio medir meus batimentos, rezei para que ela encontrasse um motivo para me manter hospitalizada. Mas meu corpo vai bem. Ela confirmou minha saída com o sorriso que acompanha as boas notícias, agradeci com o sorriso de quem recebe as más. A cama do hospital é menos confortável que o chão, preciso tomar banho às três da manhã para conseguir água quente, a comida é deprimente, mas não quero ir embora.

Morávamos numa quitinete antes. Em pleno centro da cidade, no quarto andar de um edifício de pedra. Tínhamos nossos lojistas preferidos, um cinema no fim da rua e o escritório a dez minutos. Quando descobrimos a gravidez, começamos a procurar um lugar mais espaçoso. Visitamos vários, os distantes demais, os pequenos demais, os velhos demais, os caros demais, os tarde-demais-já-foi-alugado, mas todas as nossas decepções fizeram sentido no dia em que pisamos em nosso lar. É uma casinha revestida de madeira, construída embaixo de uma tília, com a floresta a dois passos e o sol batendo na porta envidraçada da sala. Pintamos seu quarto de branco, instalamos prateleiras no formato de nuvens, uma luminária de estrela, só faltam a cama e uma cômoda, não tivemos tempo de comprá-las. Não quero voltar para "nossa casa" sem você. De agora em diante, só existimos com você.

Quando a enfermeira saiu, seu pai saiu do sofá-cama e se deitou comigo na cama. Não disse nada, mas disse tudo.

Não demorei para arrumar as coisas. Estava com pressa de voltar para ver você. Enfiei tudo dentro da mochila, minhas roupas, seus pijamas, os presentes e os papéis. Há uma semana, eu fazia a *checklist* da malinha da maternidade. Alegrava-me com a ideia de escolher sua primeira roupinha, que você usaria nas primeiras fotos. Não tive tempo de comprá-la.

Seu pai me esperava na porta com as mochilas, dei uma última repassada no quarto para conferir se havíamos pegado tudo, quando ele me pediu para verificar a cama. Não havia nada. Ele insistiu, tinha certeza de ter esquecido alguma coisa. Sacudi os lençóis, a cama estava vazia. Ele não estava convencido:

– Levantou o travesseiro?

– Vou levantar você, se continuar insistindo.

Ele riu.

Suspirei e levantei o travesseiro, que escondia uma caixinha vermelha. Seu conteúdo parecia bastante óbvio, mas, quando vi um anel com três pérolas, perdi alguns segundos pensando que aquela maternidade devia ter um bom orçamento para presentear as novas mães com uma joia. Meu olhar se voltou para seu pai, que estava com um joelho no chão. Entendi que ele não estava limpando o assoalho.

Minha boca se abriu, nenhum som saiu, eu parecia um peixe fora d'água, mas ele não se deteve.

– Lili, passei na frente da joalheria, vi esse anel em promoção, três pérolas pelo preço de uma, então decidi comprar e, para celebrar, pensei que poderíamos nos casar. Que tal?

O peixe estava atordoado, eu abria e fechava a boca, arregalava os olhos, ele deve ter temido que eu tivesse um ataque, então foi bem claro:

– Brincadeirinha, quero casar com você porque você é a mulher da minha vida, mãe da nossa filha, você é forte e...

Não o deixei terminar, abracei-o dizendo que sim, que concordava em celebrar a bela barganha que ele havia conseguido.

Hello, mãezinha! Recebi o pacote, por que me enviou legumes??? Beijinhos.
18h45

Oi, minha querida, comprei a mais, pensei que vocês gostariam de comer outra coisa além de hambúrgueres. Verificou seu colesterol ultimamente? Beijos. Mãe.
18h47

Mãe, não sou um bebê.
19h01

Você sempre será meu bebê. Quer uma receita de sopa? Beijos. Mãe.
19h01

21
ÉLISE

Para cumprir minha resolução de segurar o leme, em vez de me deixar levar pela correnteza, decidi me dedicar a fazer coisas sozinha. Por mais que vasculhe a memória, não consigo lembrar quando foi a última vez que saí sem um de meus filhos ou Muriel, quando ela está na França.

Somos três pessoas na sala de cinema. Escolhi um filme ao acaso. Quando vi os cartazes, percebi que não sabia mais do que gostava. Meus gostos se diluíram nos de Charline e Thomas. Em casa, no cinema, eram eles que escolhiam a programação. Eu gostava do que eles gostavam. A jovem do caixa esperou que eu me decidisse, mas fiquei atordoada com essa descoberta: passei mais de vinte anos vivendo através de meus filhos. Eu não conhecia mais meus gostos. Não sabia mais quem eu era. Pressionada pela jovem, acabei optando pelo cartaz que mais me atraiu.

Comprei uma pipoca sabor caramelo. O pote já está quase na metade no fim das propagandas.

O filme começa.

É noite. Um carro passa por uma estrada no meio de uma floresta. O rádio toca uma música de Katy Perry. Em seu interior, todos cantam. O pai, ao volante. A mãe, segurando um microfone imaginário. Os dois filhos, no banco de trás. O carro estraga. A música cessa, o motor para. O pai desce assobiando. Abre o capô. Tenta encontrar o problema, usa a lanterna do celular. Um barulho chama sua atenção. O som vem da floresta. Parece uma risada. Ele aponta a luz para as árvores, não vê nada, volta ao motor. O barulho se aproxima. O pai para de assobiar. Tudo parece normal sob o capô. De repente, gritos. As crianças. O pai corre até a porta do carro, os vidros estão sujos de sangue, ele abre a porta, uma massa escura aparece, minha pipoca pula de meu colo, olho para o lado, tapo os ouvidos e saio da sala escura, de costas para a tela, andando de lado, horrorizada.

Pego a via expressa para voltar. Não ligo o rádio. Estaciono na frente do prédio. Não pego nem o correio nem as bolotas de carvalho. Subo de elevador. Dou duas voltas na chave para trancar a porta. Édouard pula em cima de mim. Dou um grito. Ele se achata no chão, agacho-me para acariciá-lo. Estamos começando a nos acalmar quando alguém bate à porta. Sem fazer barulho, espio pelo olho mágico. O senhor Lapin me encara. Abro a porta:

– Olá, senhor Lapin.

– Seu cachorro está latindo o dia inteiro, a senhora precisa fazer alguma coisa.

Olho para Édouard. De costas, as patas para o teto, ele contempla o vazio.

– Tem certeza de que é o meu? Eu ficaria muito surpresa, nunca ouço o som da voz dele.

– Não sou mentiroso. Faz dez dias que late, é insuportável. Preciso de silêncio.

Meu caloroso vizinho precisa de silêncio, menos quando conserta móveis à meia-noite. Depois que se aposentou, percorre centros de coleta de lixo e descarte de materiais em busca de todo tipo de objetos, pois "nunca se sabe, pode ser útil". Ferramentas, mesinhas, cadeiras, brinquedos, livros, quadros, que ele empilha em sua casa ou no corredor, à espera de uma utilidade para eles.

– Vou dar um jeito, senhor Lapin. Vou perguntar aos outros vizinhos.

– Faça o que quiser, mas encontre uma solução. Na próxima vez, chamo a polícia.

Ao que tudo indica, ele não comeu sua dose diária de cenouras.

Não preciso investigar muito, a locatária do apartamento da frente confirma que, em minha ausência, Édouard se transforma numa cantora de ópera.

Deixo-me cair no sofá e tento analisar a situação. Quando Thomas morava aqui, Édouard ficava sozinho durante o dia. Mas nunca latia. Isso confirma o diagnóstico do veterinário: está deprimido. Não aguenta mais a solidão, e os vizinhos tampouco. Para eles, para mim, e acima de tudo para Édouard, só vejo uma solução: convencer meu filho a levá-lo para sua casa.

22
LILI

Não chorei ao me despedir. Ficamos o dia inteiro em seu leito, fazendo carinho em você, falando de seu quarto, de seus primos, de nosso gato, contamos o que a esperava em casa, para você ficar com vontade de sair. Colamos fotos nossas no quadro branco, desenhamos muitos corações, repetimos que amávamos você, adiamos nossa saída, saciamo-nos de você, cansamos você de nós dois. Quando Estelle, a enfermeira que cantarola, prometeu que nos avisaria ao menor sinal de alerta, decidimos ir.

Coloquei o bichinho de pelúcia com meu cheiro a seu lado e me despedi no mesmo tom de sempre, boa noite, meu amor, tenha bons sonhos, nos vemos amanhã, amo você mais que tudo. Eu não queria que você sentisse alguma diferença. Acho que ter filhos é isto: colocar as emoções de seu filho antes das suas, sorrir-lhe quando temos vontade de chorar, ouvir como foi seu dia na escola quando sonhamos em dormir, brincar de cavalinho quando queremos largar tudo, tranquilizá-lo quando estamos dispostos a matar todo mundo, consolá-lo quando precisamos gritar.

No elevador, mecanicamente, apertei o botão do terceiro andar. Seu pai sorriu e apertou o do térreo.

Eu não estava chorando e não sentia vontade de chorar. Era pior.

Ao passar pelas portas automáticas, eu o senti com toda a força. O vazio. Um buraco enorme nas entranhas. Eu não carregava mais a vida. Você não estava mais em minha barriga, mas ainda não estava em meus braços.

Cada novo passo aprofundava a sensação de abandoná-la. Eu a imaginava sozinha em seu leito, e isso dilacerava meu coração. Claro que as enfermeiras e as auxiliares estavam presentes, mas você não era o único bebê do qual elas precisavam cuidar. Havia as voluntárias, mas elas se dedicavam às crianças cujos pais não apareciam nunca, ou quase nunca.

A noite havia caído, mas o calor continuava opressivo. Dirigimos com os vidros abertos, seu pai seguia lentamente, chegou a errar o caminho que conhecia de cor, só soltávamos as mãos quando ele precisava trocar de marcha.

Ele abriu o portão e estacionou no jardim. Era estranho, eu estava fora havia apenas uma semana, mas nossa casa parecia fazer parte de outra vida. Milu, nosso gato, veio se esfregar em minhas pernas. Seu pai que escolheu esse nome de cachorro, achou bem engraçado. Nem queira saber os nomes de que você escapou.

Não notei o carro na calçada. Não vi a luz pela veneziana da cozinha. A porta de entrada se abriu quando eu procurava o molho de chaves na bolsa. Sua avó paterna sorriu para nós, com uma panela na mão. Olhei para seu pai, ele parecia tão surpreso quanto eu.

23
ÉLISE

Telefonei a Thomas para falar do cachorro. Ele ficou com pena de Édouard, mas seu apartamento é pequeno demais, não pode levá-lo para Paris. Enquanto não ganho de meu filho no cansaço, não posso deixar o animal sozinho.

Ele está sentado a meus pés, embaixo de minha escrivaninha, no trabalho. Ele não se deita, permanece em posição de alerta. A notícia de sua presença se espalhou por todos os setores e vários colegas vieram constatar pessoalmente a feiura do animal, compensando-o com uma pequena carícia, para não atrair carma ruim. Até Olivier, que costuma ser mais desagradável que uma micose, coçou o pescoço de Édouard.

– Tem certeza de que é um cachorro? – perguntou Nora, olhando-o com circunspecção.

– Pare com isso, ele só é meio estranho.

– É fascinante, metade morcego, metade escova sanitária, estou...

Ela é interrompida pela senhora Madinier, que está saindo de uma reunião.

– Que coisa mais feia é essa? – ela exclama, detendo-se.

Nora solta uma risadinha. Instintivamente sinto necessidade de defender Édouard:

– É um cachorro.

– Sim, estou vendo! Fico feliz que tenha seguido meus conselhos e encontrado um companheiro, mas precisava mesmo que todos o conhecessem?

Preparo-me para responder, lembrá-la de que vários funcionários da empresa trazem seus animais de estimação ao trabalho, que isso é autorizado pela direção, que o próprio CEO nunca se desloca sem seu galgo, mas sua observação não espera uma resposta. Ela continua seu caminho e se instala em sua mesa, praguejando.

Ao meio-dia, como é proibida a presença de animais no restaurante da empresa, almoço na rua. Uma salada, no parque ao lado do escritório. Pela primeira vez desde a partida de Thomas, Édouard parece reviver. Ele fareja freneticamente o chão, puxa a coleira, não para quieto, cheira o traseiro de seus congêneres e, quando o odor lhe agrada, saltita remexendo o rabo para celebrar a nova amizade. Em meia hora, simpatizou com um dálmata, um *poodle*, um mastim, um *bull terrier* e um animal que parecia uma cabra, mas latia demais para ser uma. Eu não simpatizei com ninguém. Nem tento e creio perceber que os outros donos também não, menos o senhorzinho do *poodle*, que me contou em detalhe sua última colonoscopia. Essa diferença chama minha atenção. Meu cachorro parece ter mais talento do que eu. Quando pequena, eu era sociável. Não me incomodava com timidez ou aparências, se tivesse vontade de conversar com outra criança, não me segurava e era sempre acolhida calorosamente. Às vezes trocávamos nossos nomes e algumas informações básicas, às vezes passávamos diretamente para o próximo passo e compartilhávamos um castelo de areia, um escorregador, confidências, um momento. Lembro de uma vez, na pracinha, quando eu tinha 6 ou 7 anos. Éramos quatro no gira-gira e, imediatamente, uma cumplicidade se formou: sucessivamente, cada um empurrava o brinquedo, enquanto os outros riam às gargalhadas. Nos bancos, os pais guardavam uma distância de segurança entre eles e vigiavam seus filhos, sem dirigir uma palavra aos demais. Na volta para casa, perguntei a minha mãe por que os adultos não brincavam mais. Era simples, na época. Foi na adolescência que as coisas mudaram. O olhar dos outros se tornou importante. O que podia ser feito e o que não podia ser feito se sobrepunham à vontade. Além disso, havia decepções, traições, muros de proteção, abismos para desencorajar a aproximação. Hoje, me tornei um daqueles adultos dos bancos da pracinha. Quando um desconhecido me dirige a palavra, sinto-me quase agredida. Acho estranho ver pessoas conversando em lugares públicos. Quando não tenho escolha, como com o carteiro, com algum vizinho, com o padeiro, limito-me às tradicionais fórmulas de cortesia, esperando que sejam suficientes para dissuadi-los de uma conversa.

Precedida por Édouard, visivelmente encantado com o passeio, dirijo-me para o prédio que abriga minha empresa sem tirar os olhos do cachorro. Ele tem a aparência de um Gremlin e o cheiro de uma estação de tratamento de esgoto, mas tem mais amigos do que eu. Nesse período em que divido meu apartamento com a solidão, provavelmente deveria tirar disso uma lição. Talvez eu devesse derrubar minhas muralhas e construir pontes levadiças. Não tenho nada a perder, desde que não comece a cheirar o traseiro dos outros.

24
LILI

Não dormi direito. Florence me explicou que eu poderia ligar quantas vezes quisesse para saber de você, tanto de dia como de noite. Nas três primeiras horas, aguentei firme, não queria incomodá-las, elas já estavam bastante ocupadas. Telefonei apenas antes de dormir. Uma enfermeira que eu não conhecia atendeu. Quando passei seu nome, ela ficou em silêncio por um momento, até que me informou que você dormia serenamente. Desliguei tremendo, o sangue parado nas veias. Aqueles poucos segundos de mutismo haviam durado horas. Tive tempo de pensar que ela hesitava sobre a maneira de anunciar a terrível notícia, de ouvir suas palavras, de sentir a brutalidade do choque, de visualizar a reação de seu pai. Não pensei que teriam me avisado antes, minha razão foi totalmente encoberta pelo medo. Nunca mais telefonarei ao setor.

Às cinco da manhã, quando eu havia acabado de cair no sono, um som de louça quebrada me acordou num sobressalto. Certa de que encontraria o gato subindo nos armários da cozinha, como sempre, fui até lá sem pensar em me vestir. Qual não foi meu susto ao me deparar com seu avô paterno de pijama, juntando os pedaços de um prato. Ele resmungou uma explicação qualquer, sentira fome, enquanto eu me enrolava na cortina, já que não poderia me enforcar com ela.

Eu havia esquecido completamente da presença deles. Meu cérebro se recusa a incorporá-los. Ontem à noite, quando voltamos, a casa brilhava e uma comida deliciosa estava à nossa espera. Embora eu estivesse com vontade de qualquer coisa menos de conversar com meus sogros, agradeci pelo carinho de terem preparado aquela surpresa para nosso retorno.

Sua avó ficou vermelha como um pimentão:

– Ah, Lili, vocês sabem que nosso papel é cuidar do bem-estar de nossos filhos. Não se preocupem com nada, cuidaremos de tudo.

Continuei mastigando meu camarão, inconsciente das coisas que se tramavam.

– Dormiremos no sofá – ela continuou –, a menos que vocês queiram nos deixar o quarto?

O camarão ficou preso em minha garganta.

– Como assim? – consegui dizer, lançando olhares apavorados a seu pai.

Ele não reagia, concentrado em raspar um abacate. Coloquei meu pé sobre o dele e pisei de leve, mas ele gemeu:

– Ai! Por que pisou no meu pé?

Olhei para o caroço do abacate, resisti à forte vontade de enfiá-lo na boca de seu pai, depois expliquei para sua avó que era muito generoso da parte deles, que eu me sentia infinitamente grata, mas que nos viraríamos sozinhos, mesmo, eles sem dúvida tinham muito o que fazer.

Ela me encarou como se eu estivesse no primário:

– Acredite em mim, Lili, sei o que é bom para vocês. Melhor ficarmos aqui enquanto a pequena está hospitalizada. Alguém quer provar o gratinado de batatas?

Seu pai estendeu o prato, a conversa estava encerrada.

A voz de seu avô me trouxe de volta à cozinha, às cinco horas da manhã, enrolada numa cortina e em minha própria vergonha. Ele limpou o chão, guardou o salame e a manteiga, e saiu dali desejando-me uma boa noite, embora tivesse acabado com ela. Soltei a cortina e examinei meus trajes, tentando me convencer de que poderia ter sido pior. Estava usando uma camiseta velha, uma calcinha de cintura alta com um absorvente mais grosso que um travesseiro e meias de contenção brancas até os joelhos. É verdade, poderia ter sido pior. Eu poderia estar com um laço na bunda.

Empurrei a porta do setor de neonatologia ao nascer do sol. Quando vi você, tudo se apagou. Você estava dormindo, dentro da salsicha de tecido que se transforma em casulo, com o bichinho de pelúcia ao alcance da mão. Ele era quase do seu tamanho.

Perguntei como iam as coisas a Laëtitia, a auxiliar de plantão, você passou bem a noite, embora a taxa de oxigênio tivesse sido aumentada de novo, devido a uma leve diminuição de sua saturação. Eu havia sido avisada de que regressões inevitavelmente ocorreriam, mas fiquei com um aperto na garganta. Esperei chegar à sala das famílias para desmoronar.

Você deve achar que passo o tempo todo chorando, não vai acreditar se eu disser que, antes de você, com exceção de seu avô e de sua madrinha, ninguém nunca me vira chorar. Nem mesmo seu pai. Aquilo se tornara um desafio para ele: conseguir me extrair alguns soluços. Ele me fez assistir aos filmes mais trágicos, observando-me sem discrição a cada cena emotiva, me fez ler as histórias mais terríveis, ouvir as músicas mais melancólicas, ele me contou as tragédias mais atrozes, sempre em vão. Minha tristeza era tímida, não se manifestava em público. Era íntima demais. Se pudesse escolher, mostraria a bunda, e não minhas lágrimas. Desde que você nasceu, fico espantada com o número de pessoas que já viram as duas.

Precisei de um café. A sala das famílias estava mergulhada na penumbra. O sol nascia, as janelas do prédio da frente começavam a se iluminar. Liguei a cafeteira, soluçando alto, quando um estalo de língua me deu um susto. Deitada no sofá, a mãe que nunca deixa o setor me lançava um olhar de desaprovação. Murmurei um pedido de desculpas, deixei uma xícara cheia ao lado dela e saí para ir até você. Confesso que foi mais por medo do que por delicadeza. Aquela mulher me assusta. Ela não responde quando a cumprimento, nunca ouvi o som de sua voz, seus passos são rápidos, seus gestos são bruscos. Sempre que passamos uma pela outra, ela me olha como se fosse me transformar numa estátua, preciso me conter para não colocar as mãos na frente do rosto para me proteger.

Seu pai veio nos ver no fim da tarde. Ele voltou a trabalhar hoje. Trouxe mais três bichinhos de pelúcia, presentes de alguns colegas. Não demorou a falar em seus avós, embora eu tivesse preferido que se queixasse deles.

– Eu não sabia que meus pais fariam isso.

– Eu sei. Você pediu que fossem embora?

Ele pegou meu lugar na poltrona, tirou a camiseta e estendeu os braços para que eu colocasse você sobre o peito dele, mas não respondeu.

– Você pediu que fossem embora?

Ele deu de ombros:

– Eles só querem ajudar.

Era verdade, mas isso não mudava nada. Eles tinham a chave de nossa casa para alimentar o gato, não para se mudarem para lá.

– Eu sei – respondi. – Mas só quero um pouco de tranquilidade ao voltar para casa.

– Você os conhece, querida, não adianta insistir. Eles são boas pessoas, querem nosso bem.

Expliquei como me sentia. Claro que os pais dele eram boas pessoas, faziam o possível para tornar nossa vida menos difícil. Ontem, durante o jantar, sua avó havia antecipado todas as necessidades de seu pai: copo sempre cheio, sobremesa servida logo depois da última garfada. Eu me tornara independente muito jovem, talvez sofresse de uma sensibilidade exacerbada em relação a isso, mas achava insuportável a propensão que eles tinham de nos tratar como crianças. Aos 30 anos, estava na hora de cortar o cordão umbilical.

Ele respondeu numa voz doce, como se quisesse atenuar a violência de suas palavras:

– Lili, entendo o que está dizendo, mas acho que deveria ficar satisfeita de não precisar cuidar da casa e poder se dedicar a nossa filha. De todo modo, você os conhece, eles sempre fazem o que querem. Mas se estiver incomodada, fale com eles.

Não insisti. Eu sabia que não adiantaria. Seu pai era incapaz de se opor aos próprios pais, morria de medo de decepcioná-los. Para evitá-lo, incorria no mal menor de decepcionar a mim.

25
ÉLISE

Na volta do trabalho com Édouard, cruzo no estacionamento com a senhora Di Francesco, que leva um cesto numa mão e a coleira de seu *poodle* na outra. Ela levanta o nariz e olha para o céu, mas o chão repleto de bolotas de carvalho não deixa dúvidas: interrompi sua colheita.

Cumprimento-a rapidamente, ela me responde da mesma maneira, como de costume. Sigo meu caminho na direção do prédio quando minha recente tomada de consciência me interrompe. Devo cheirar o próximo.

Dou meia-volta e me aproximo dela:

– Está passeando?

– Não – ela responde, na defensiva.

Forço-me a não abandonar meus planos de socialização e ouso uma nova abordagem:

– Está quente, não?

Ela me encara como se eu tivesse três narizes. Em silêncio. Estou diante de uma pessoa menos sociável do que eu. Penso em desistir quando Édouard salta sobre o cachorro dela, que não reage. A senhora Di Francesco acompanha a cena sem pestanejar:

– Cachorro engraçado. Qual o nome dele?

Eu nunca havia reparado em seu sotaque. Os erres rolam sobre sua língua.

– Édouard.

Ela balança a cabeça, com ar entendido:

– Combina perfeitamente com ele. Era o nome de meu finado marido. Edouardo.

– Sinto muito.

– Eu não. Ele se parecia com seu cachorro.

Dou uma risada, mas logo me contenho. Ela continua séria.

– E o seu? Qual o nome dele? – pergunto.

– Apple.

– Gosta de animais?

– Não muito. Mas os tolero, ao contrário dos humanos.

Ela evita meu olhar, mas a mensagem é clara. Desejo-lhe boa-noite e convido Édouard a me seguir. Sentado aos pés da velha senhora, ao lado de seu novo amigo, ele me ignora ostensivamente. Puxo levemente a coleira, nenhuma reação. Quase preciso arrastá-lo até a entrada. Consigo a façanha de ser detestada por um cachorro que gosta de todo mundo.

O elevador está começando a fechar quando a senhora Moussa entra rapidamente. Ela carrega a filha mais nova no colo e segura a mão da mais velha.

– Mamãe, preciso levar alguns rolos de limpa-bunda para a escola, mas não posso dizer por quê, é uma surpresa para um presente para você.

A mãe arregala os olhos:

– Papel higiênico, Malya!

– Mas o papai diz limpa-bunda…

A chegada ao segundo andar me priva do fim da conversa, elas saem do elevador e me deixam com minhas lembranças.

Charline estava com 3 anos. Tinha acabado de colocar a boneca Tina para dormir e de lhe cantar uma canção de ninar. Tina dormia. Charline deixou o quarto na ponta dos pés, para não acordá-la, e me encontrou na sala, orgulhosa de si. Ela ergueu o indicador na frente da boca e murmurou:

– Silêncio, mamãe! A fodinha está dormindo.

Quase me engasguei, até que entendi que ela queria dizer "a fadinha".

Ainda ouço sua voz aguda.

Ela era tão bonitinha.

Entro no apartamento, Édouard corre até seu pote de água. A solidão me recebe como uma velha amiga. Ela me enlaça. Ela me abraça. Tiro os sapatos e ergo os olhos. À minha frente, o quarto de Thomas está vazio. Então, na esperança de parar de sofrer, faço o que evito fazer desde a partida dele: fecho sua porta.

26
LILI

Fechei a porta de seu quarto. Sua ausência era presente demais. Dez minutos depois, ela estava aberta novamente. Sua avó me explicou que o ar precisava circular. Ela tem uma opinião formada sobre tudo, você vai ver, e sempre a sobrepõe à dos outros. Eu não reconhecia nossa casa desde que eles tinham ido morar conosco. Ela reorganizou as gavetas da cozinha – não eram práticas o suficiente –, mudou as plantas de lugar – não pegavam sol o suficiente –, levou o pote de Milou para o terraço – não era higiênico o suficiente –, lustrou cada peça de alto a baixo – não estavam limpas o suficiente. Ela me narrou seus feitos com orgulho, depois me encarou com insistência, à espera de um agradecimento. Minha mente se perguntava se minha sogra também me ensinaria a usar o papel higiênico, mas minha boca disse obrigado.

É mais forte do que eu, odeio confrontos. Mais exatamente, odeio causar sofrimento, provocar desconforto. Sou um bom soldado, não saio da linha, disposta a tudo para manter as fileiras arrumadas. Quando alguém me estende um objeto para que eu o segure, digo obrigada. Quando empurro uma mesa, peço desculpas. Quando alguém caminha à minha frente na calçada, diminuo a velocidade. Quando alguém conta uma piada e ninguém ri, solto uma gargalhada. Quando o garçom me pergunta se gostei da comida horrível, peço mais. Quando a cabeleireira me faz parecer um *cocker spaniel* molhado, capricho na gorjeta. Quando alguém me corta no trânsito, praguejo em silêncio e sorrindo. Quando me ligam oferecendo um jardim de inverno para a casa, agradeço aos céus não ser a proprietária. Sei que se afirmar não quer dizer ferir, estou trabalhando nisso e espero um dia conseguir me fazer ouvir sem me sentir culpada. Fui uma criança de temperamento forte e língua afiada. Depois, precisei me fazer pequena, não piorar as coisas. Não fazer barulho, já havia bastante. Agradar. Despertar sorrisos, para me contrapor à dor. Aparar minhas arestas, suavizar meus contrastes. Dissolver-me na tranquilidade. Esquecer de mim mesma em prol dos outros. Esse comportamento aos poucos impregnou meu temperamento, até se tornar uma segunda natureza. Eu não agia dessa maneira, eu era dessa maneira.

Eu pensava em tudo isso enquanto você dormia sobre meu ventre. Essas horas, sentada de frente para a janela, são propícias para a reflexão. Vale dizer que a vista lá fora não encoraja o devaneio: todos os dias, tenho diante dos olhos o prédio principal do complexo hospitalar. Uma imensa parede branca cheia de janelas atrás das quais vidas estão entre parênteses. Às vezes, para se somar à opacidade, o helicóptero de socorro médico pousa no telhado com um zumbido que me dá arrepios. Por isso alço voo mentalmente, imagino outra vista, e a que volta com mais frequência me devolve à infância.

Todo verão, seus avós (meus pais) alugavam um apartamento no último andar de um velho prédio em Biarritz. Ele era minúsculo, seu tio Valentin (meu irmão) e eu dormíamos na mesma cama, meu pai e minha mãe no sofá, era preciso ser bom em Tetris para fazer nossas coisas caberem no guarda-roupa, mas a paisagem da única janela compensava todos os esforços. Era uma janela alta, eu precisava dos braços de seu avô para chegar até ela. Eu não saberia descrever o que víamos, primeiro porque não há palavras para expressar aquela beleza, mas principalmente porque as recordações de infância sempre são mais bonitas do que a realidade. Era um panorama sempre diferente. As ondas, a água, a espuma, as nuvens, o pôr do sol, as gaivotas, os surfistas. Sua avó podia passar horas contemplando aquele espetáculo, e eu passava horas admirando o sorriso dela. Depois do verão de meus 13 anos, nunca mais voltamos.

Fui almoçar na sala das famílias. Não fui a única a ter essa ideia. A mãe dos trigêmeos respondeu a meu cumprimento, a que nunca volta para casa não tirou os olhos do prato. Engoli a salada que havia preparado em casa e estava me servindo de um café quando o pai do bebê na incubadora entrou na sala. Ele parecia perdido, como sempre parece quando passo por ele. Lançava olhares ao redor, como se não nos visse. A mãe dos trigêmeos perguntou se ele estava procurando alguma coisa, ele se deixou cair no sofá. Seu queixo tremia, ele fazia um esforço muito grande para não desabar. Mas não aguentou. Lágrimas escorreram por seu rosto, em silêncio, depois ele foi sacudido por soluços. A mãe dos trigêmeos correu até ele. Ela se sentou a seu lado e deu batidinhas em suas costas. A outra mãe se levantou e, sem dizer uma palavra, estendeu-lhe um iogurte. Quando ela me lançou seu olhar sombrio, percebi que eu estava paralisada, observando a cena como uma cabeça de cervo empalhada. Então lhe ofereci meu café.

Cinco minutos depois, ele nos contava sua história. As frases brotavam de sua boca em desordem, com urgência:

– É nosso segundo filho. Ele nasceria dentro de três meses, não preparamos nada ainda. Nem seu quarto. Ele quase não resistiu. Passou cinco dias no CTI. Seu nome é Milo. Gostamos muito desse nome, principalmente Alice. Eu teria preferido Sacha... Não ousei dizer a verdade a nossa filha mais velha. Ela está na casa da avó. Contei-lhe que mamãe estava cansada, que precisava descansar. Eu estava no trabalho quando me ligaram. Dirigi como um louco. Alice estava na padaria quando caiu. Eclampsia. Ela estava com a pressão alta havia algumas semanas, mas vinha sendo monitorada. Estava preocupada, não parava de falar sobre isso, às vezes me irritava. Se eu soubesse. Foi parar no CTI, no prédio da frente. Passo as manhãs com ela, as tardes com meu filho, as noites com minha filha. Essa noite, minha mulher acordou. Ela está bem. Está viva.

Seus soluços voltaram, entrecortados por um riso nervoso:

– Alice está viva. Ela vai sobreviver. A ficha está começando a cair.

Nenhuma de nós abriu a boca. A mãe dos trigêmeos deu mais umas batidinhas em suas costas, a mãe do olhar sombrio fez um sinal para que ele comesse o iogurte e eu lhe servi outro café.

Oi meu querido é a mamãe vírgula espero que esteja tudo bem por aí ponto de exclamação você conseguiu marcar hora no dentista ponto de interrogação beijos ponto mãe como parar isso não sei onde apertei stop merda não funciona essa porcaria deve ter estragado ah deve ser aqui eu

16h49

Mãe, desative a função ditado, senão vou mandar arrancar todos os meus dentes.

17h00

Comece pelos da frente vai ficar bonito ponto de exclamação ponto de exclamação ponto de exclamação beijos ponto mãe

17h05

27
ÉLISE

Somos apenas quatro na manhã de treinamento. A mulher que queria escolher os bebês não voltou. Restaram uma estudante, uma mulher mais velha e o careca alto. Não pensei que voltaria a vê-lo. Durante a reunião, sua pergunta parecia ter irritado Hélène, e a resposta não parecera satisfazê-lo.

Hélène é acompanhada por uma voluntária e um psicólogo, com quem conversamos individualmente.

Hesitei em vir. Não sei se sou boa nisso, se tenho paciência e resistência suficientes, se é mesmo o que quero fazer. Tenho medo de abrir velhas feridas. Nunca peguei no colo bebês que não fossem meus. Sinto uma falta enorme de meus filhos. Carrego minha saudade como uma pedra no sapato, avanço com cautela, o menor buraco na calçada pode me fazer tropeçar. Preciso de mais elementos para poder decidir. O treinamento os fornecerá.

Ser acarinhador não consiste apenas em benefícios, explica Hélène. A associação não pode correr o risco de recrutar voluntários que desistam no meio do caminho. Precisamos estar conscientes do tempo e do envolvimento que o voluntariado nos demandará. É um compromisso sério. Mas o mais difícil serão os casos com que nos confrontaremos.

– Dentro do setor de neonatologia, esconde-se uma realidade que a maioria das pessoas prefere ignorar. É possível morrer com qualquer idade, mesmo antes de começar a viver.

O silêncio invade a sala. Sinto vontade de fugir, de não estar ali. A voluntária presente intervém:

– Meu nome é Céline, sou acarinhadora há sete anos. Hélène tem razão de prepará-los para o pior, mas eu gostaria de falar do melhor. Quando comecei, meu objetivo era ajudar, embora não tivesse certeza de ter a coragem necessária. Pensei que me depararia com um ambiente sinistro, cheio de tristeza e medo. Não vou mentir, essas coisas existem. Mas não são as únicas. Há risos, esperança, doçura, alegria e solidariedade. Nas manhãs de quarta-feira, não vejo a hora de reencontrar os bebês de que cuido, e também as equipes médicas, os outros voluntários e os pais. É um microcosmo cheio de pessoas boas, onde nos sentimos bem. Mas o que mais me deixa realizada é o que ofereço às crianças. Eu não saberia explicar em palavras, mas é algo que sinto profundamente sempre que pego um recém-nascido no colo. Não conseguimos salvar todos, e é devastador quando uma pequena vida é interrompida. Mas há todos os outros, aqueles que sobrevivem. Aqueles sobre os quais recebemos notícias, vários anos depois. Podemos acalmá-los. Podemos ajudá-los. É raro poder sentir-se tão útil.

Hélène retoma a palavra. Não presto muita atenção. Fragmentos de sua fala chegam até mim, protocolos de higiene, atestados que precisam ser fornecidos, mas mais nada me desestabiliza. O testemunho de Céline apaga todas as minhas dúvidas.

28
LILI

Não gosto muito da psicóloga. Todas as manhãs, quando ela passa para me ver, prometo a mim mesma que não vou me abrir demais. Prefiro guardar minhas feridas, minhas angústias, minhas sombras para mim mesma. Consigo controlá-las, dobrá-las em quatro e guardá-las num canto, sob uma pilha de lenços. Às vezes consigo até esquecê-las. Evocá-las seria torná-las reais.

Ela não me obriga a falar. É de uma delicadeza extrema, me deixa no comando. Pior para mim. Seu sorriso é o pé de cabra mais eficaz. Sua doçura é um aríete. A cada vez, escancaro a porta e as janelas de minha alma para ela, convido-a a visitar todos os aposentos, servindo-lhe algo para beber. Ela é como a sogra de meu cérebro.

Essa manhã, eu estava tirando meu leite quando ela entrou.

Sempre me sento de costas para a porta de vidro, para me proteger dos olhares externos, último reflexo de um pudor perdido desde o início da gravidez. Durante o parto, havia tanta gente examinando minhas intimidades que, depois de certo tempo, meu incômodo cedera. Parecíamos estar num dia de "portas abertas", em que eu era o local de visita.

– Estou atrapalhando? – ela perguntou, perspicaz.

– Nada – respondi, hipócrita.

Ela se sentou à minha frente e quis saber como eu me sentia desde que voltara para casa. Como sempre, garanti-lhe educadamente que tudo ia bem. Ela sorriu:

– Não é uma pergunta retórica. A resposta realmente me interessa. Suas angústias continuam?

– Diminuíram um pouco, depois que o pediatra me disse que ela sobreviveria.

– Mas você não parece totalmente segura disso.

Balancei a cabeça.

– Não acredita nos médicos?

– Sei que eles podem se enganar – murmurei.

– Já passou por algo do gênero?

– Não quero falar sobre isso.

Sem perceber, pronunciei a última frase com agressividade. Alguns temas fazem eu me sentir invadida, meu corpo inteiro os rejeita violentamente.

– Está bem – ela disse, com a voz doce. – Há algo que poderia diminuir suas preocupações?

Pensei por alguns segundos, uma solução me ocorreu:

– Eu poderia dar uma passadinha no futuro.

– Sabe que isso é impossível.

– Não é verdade. Só preciso de um Delorean.

Ela me encarou em silêncio, nenhuma expressão transparecia em seu rosto, senti-me obrigada a rir, para demonstrar que se tratava de uma piada. Não há nada mais constrangedor do que rir da própria tentativa de humor. Ela deu de ombros:

– Teremos que pedir para que o Doc Brown traga um extrator de leite.

Dessa vez, soltei uma boa gargalhada. Ela emendou:

– Me diga uma coisa. No pior dos casos, o que poderia acontecer? O que você tanto teme?

Internamente, perguntei-lhe quanto anos de estudo ela tinha feito para chegar a uma pergunta tão idiota. Externamente, confessei que o pior seria que você morresse.

– O que aconteceria se isso acontecesse?

– Eu morreria também.

– Claro que não.

– Claro que sim.

Ela deixou o silêncio pairando, depois enfiou a lâmina um pouco mais fundo:

– Você sobreviveu a uma grande provação, não é mesmo?

– Eu já disse que não quero falar sobre isso.

– Tente imaginar. Como acha que reagirá se perder sua filha?

A única coisa que eu queria imaginar era o momento em que, inadvertidamente, meu punho encontrava o nariz dela. Eu me recusava a fazer aquelas projeções. Expulsava as imagens de uma vida sem você. Era insuportável. Vivi 27 anos antes de você e, em dez dias, você se tornou essencial. Meu coração bate mais forte, meus pulmões se expandem, como se, até então, meu corpo inteiro esperasse você para sair da hibernação. Vivi 27 anos sem saber que sentia falta de você.

Quando entendeu que eu não responderia, Eva tomou a palavra:

– Sabe, conheci muitas pessoas que se sentiam impotentes. Aqui, raros são os que não se sentem. Não saber se seu filho vai viver e não poder fazer absolutamente nada é uma das maiores torturas que existem. A maioria diz a mesma coisa que você: "Se meu bebê morrer, nunca poderei me recuperar". Infelizmente, isso às vezes acontece. Mas posso afirmar duas coisas. A primeira é que, enquanto não tiver vivido uma situação, você não pode saber como reagirá. A projeção é uma fantasia, não um prolongamento da realidade. É comum descobrirmos que os mais pessimistas são os mais capazes de se reerguer. É um fenômeno conhecido, como o dos hipocondríacos, que a vida inteira sentem medo de desenvolver uma doença e não conseguir enfrentá-la, mas que costumam ser os que melhor aceitam a descoberta de uma patologia. A segunda é que podemos nos recuperar de tudo. Nem todas as peças estarão no lugar certo, algumas estarão faltando, mas conseguimos nos reconstruir. Leva tempo, damos um pequeno passo para a frente e três grandes saltos para trás, mas o ser humano é assim. É tão trágico quanto sublime. Acompanhei muitos pacientes enlutados, convencidos de que nunca mais sorririam. Até que sorriram de novo. Isso se chama resiliência.

O aparelho tocou, interrompendo suas palavras. Não era a primeira vez que seu ritmo cardíaco caía durante o sono, eu havia sido tranquilizada sobre isso: se todos os recém-nascidos fossem monitorados, todos demonstrariam anomalias. Não durou muito, quando Florence chegou, seus batimentos já haviam voltado ao normal, e os meus junto. A psicóloga se levantou e começou a se retirar. Escrevi nosso nome no frasco que eu havia acabado de encher de leite.

Antes de sair do leito, ela acrescentou:

– Ah, não sei se alguém avisou você, mas uma esteticista vem ao setor uma vez por semana. Ela estará aqui à tarde, se quiser um horário.

– Uma esteticista?

– Sim, uma esteticista formada para cuidar de pessoas hospitalizadas, doentes ou acompanhantes. Aqui, ela oferece cuidados corporais aos pais, para ajudá-los a dissipar a tensão. É muito bom, recomendo.

Balancei a cabeça educadamente, guardando a informação em minha lixeira mental. Sinto-me tão vulnerável que até a água do banho me agride. Ninguém encostará em mim, a menos que me façam uma anestesia geral.

Bom dia, querido, é a mamãe. Tenho uma mensagem de Édouard, ele sente sua falta. Beijos. Mãe.
9h02

Oi, mãe! Responda que "au, au", ele vai entender.
10h44

Ele ficou bem chateado. Beijos. Mãe.
10h50

29
ÉLISE

Acabo de recuperar o uso de meu corpo e a tortura já recomeça. Mariam está em grande forma. Peno para seguir a coreografia, ignoro alguns passos, cada uma de minhas pernas parece ter vida própria, mas sigo firme. A música é empolgante e Nora não para de me encorajar.

– Isso, Élise, uhuu! Que espetáculo! Muito bom! Você está ótima!

Ela está quase me constrangendo.

No intervalo, enquanto esvazio minha garrafinha de água, Mariam me felicita por ter voltado.

– Confesso que não pensei que a veria de novo!

– Confesso que eu também não.

– O que a fez mudar de ideia?

– Minhas ameaças – zomba Nora.

É verdade que minha colega não me deu escolha. Se eu não tivesse voltado por conta própria, imagino que ela teria me trazido à força. Mas não foi só por isso. Ontem à noite, ao telefone, Charline se queixou do trabalho. Ela se sente entediada, andando em círculos. Aconselhei que procurasse outro emprego. Sempre estimulei meus filhos a não se acomodarem em situações que não lhes convinham. Estava na hora de eu seguir meus próprios conselhos.

A parte final da aula parece se estender por horas. Quando Mariam desliga a música, não consigo mais respirar, pareço um leão-marinho ofegante.

Sou a última a sair do vestiário. Mariam fecha a porta do estúdio e caminhamos juntas até o estacionamento, falando amenidades. Só penso numa coisa: voltar para casa, tomar uma ducha refrescante, comer alguma coisa e cair na cama com minha leitura da vez. Mas o destino tem outros planos para mim. O carro de Mariam não pega.

Ela abre o capô, inspeciona o motor e começa a rir:

– Não sei por que fiz isso, não entendo nada!

– Eu também não, não vou poder ajudar.

– Sem problema – ela responde, fechando a porta. – Vou pegar o bonde e cuidar disso amanhã.

– Quer uma carona?

Ela recusa. Diz que mora longe, na outra ponta de Bordeaux. Meia hora de estrada, sem contar a volta. Insisto:

– Suba! Não tenho ninguém à minha espera em casa, estou com tempo.

Não é bem verdade. Édouard certamente atacará a parede para se vingar, e eu tinha outros planos, mas abandonar uma pessoa sem carro na caída da noite não era exatamente a melhor forma de se tornar mais sociável.

– Você mora sozinha? – ela me pergunta, sem preâmbulos, assim que se instala no banco do passageiro.

Faço que sim com a cabeça.

– Tem filhos?

– Sim, dois filhos adultos. O mais novo acabou de se mudar para Paris. E você?

Ela levanta as mãos:

– Deus me livre! Eu não saberia o que fazer.

Dou risada. Ela me imita, depois exclama:

– Gostei da sua reação! Em geral, as pessoas sentem pena de mim, querem saber por quê, se sou estéril, homossexual ou depressiva. Quando explico que é apenas uma escolha, que nunca quis filhos, me tomam por louca. Minha própria mãe cortou relações comigo quando entendeu que eu não mudaria de ideia. Ela me acusava de ser egoísta por não querer lhe dar netos.

Mariam se perde em pensamentos por alguns minutos, depois ela continua:

– Sei que fiz a escolha certa. Nunca me arrependi.

Não respondo. Admiro-a em silêncio. O céu se tingiu de vermelho, o sol se prepara para dormir. Ouso fazer uma pergunta a Mariam:

– Você nunca se sente sozinha?

A resposta vem rapidamente:

– Sim, e adoro! Decido as coisas por mim, faço o que quero. Escolho minhas atividades, meus destinos, meus programas, meus cardápios, meu ritmo... Cresci com oito irmãos, depois fui casada por quinze anos. Eu me sentia sufocada. Hoje, sou a pessoa mais importante para mim. O que não me impede de adorar passar tempo com os amigos e a família, mas não é uma necessidade. É uma vontade. Faz toda a diferença.

Ela vira o rosto e me encara por vários segundos.

– Vai acontecer – ela acaba dizendo. – Um dia, você não ficará à espera de que os outros a façam feliz. Você mesma se dará esse presente.

30
LILI

As coisas não melhoram muito no quesito lágrimas. Passo mais tempo chorando do que dormindo. Choro quando estou feliz, quando estou triste, quando sinto medo, fome, calor, dor, quando vejo um pássaro, quando alguém sorri para mim, sempre que olho para você. Depois da fase durona, a fase manteiga derretida. Para apagar um incêndio, basta me chamar.

Hoje de manhã, entre o momento em que fizeram sua higiene e o longo instante em que você prendeu seu olhar ao meu, minhas bochechas ficaram bem hidratadas. O auge foi quando tentei, com a ajuda de Estelle, amamentar você. Utilizamos um tubo extensor, uma pequena sonda que leva o leite à sua boca enquanto você mama, você se agarrou a ele por alguns segundos antes de começar a chorar. Não é fácil, embora a cada dia você progrida um pouco mais. Você precisa coordenar sucção, deglutição e respiração. Nunca insistimos muito, não podemos cansá-la.

– Ela ainda precisa de um pouco de tempo – avaliou Estelle.

Você recebeu um pouco de leite de colherinha, para não perder o gosto por ele, depois ela injetou o restante na sonda.

Um dia conseguiremos, meu amor. Tome o tempo que precisar.

Quando você dormiu, fui à sala das famílias para comer – e tomar um pouco de ar. Havia um casal novo, acompanhado de uma menininha, a mãe dos trigêmeos e a mãe do olhar sombrio, as duas sentadas à mesma mesa. Fui pegar minha salada na geladeira, mas a mãe dos trigêmeos me estendeu um prato, sorrindo:

– É cuscuz, fiz demais. Aceita?

Você não vai acreditar: comecei a chorar.

– Desculpe, não sei o que está acontecendo comigo, é ridículo.

Ela puxou a cadeira que estava a seu lado e me convidou a sentar:

– Bem-vinda ao mundo encantado do puerpério!

– Você também?

– Ah, sim! Esses dias chorei com uma propaganda de adoçante.

– Mas só podia! Ontem à noite, fiquei comovida por jogar fora o tubo vazio da pasta de dente. Agradeci-lhe pelos serviços prestados.

Ela riu e mostrou um curativo na mão:

– Cortei-me tentando tirar um grão de bico do fundo da lata. Não quis deixá-lo sozinho.

A mãe que eu não conhecia ouviu nossa conversa. Ela se aproximou e entrou na brincadeira:

– Pedi desculpas a meu iogurte antes de comê-lo.

Dei uma gargalhada, a mãe dos trigêmeos chorou de rir. Uma de cada vez, enumeramos os momentos incômodos induzidos por nossos hormônios.

– Chorei na padaria quando fiquei sabendo que os sonhos estavam em promoção.

– Fiz uma dancinha quando ela fez o primeiro cocô.

– Pensei que a vida não valia a pena porque a água quente havia acabado.

– Atirei a balança no lixo quando ela revelou meu peso.

– Pensei seriamente em me divorciar porque meu marido estava sete minutos atrasado.

– Quando a recepcionista foi grosseira comigo, pensei em matá-la e esconder seu corpo.

– Chorei quando minha mãe me trouxe calcinhas limpas.

– Ri quando me vi chorando no espelho.

Eu estava achando tanta graça que fiquei com dor de barriga. A mãe do olhar sombrio nos observava, impassível.

– E você, teve *baby blues*? – perguntou-lhe a mãe dos trigêmeos, secando os olhos.

Minha euforia desapareceu na mesma hora. Eu nunca teria ousado fazer-lhe uma pergunta tão indiscreta, teria ficado com medo de que ela me respondesse na língua de sinais para eu calar a boca.

Ela abaixou a cabeça e fechou os olhos. Parecia pensar, talvez decidindo a maneira de calar nossa boca com um golpe só. Engoli minha última colherada de cuscuz e pensei em me levantar para sair. Prefiro viver a ser corajosa. Eu estava quase em pé quando ela se animou. Encarou-nos, uma de cada vez, depois, pela primeira vez desde minha chegada ao setor, aceitou brindar-nos com sua voz:

– Perguntei se poderia guardar os pontos da cesariana.

31
ÉLISE

Édouard não sabe mais o que fazer para estragar minha vida. Ontem à noite, quando saí do banho, quase morri de susto. Não estava esperando por aquilo, pois meu último olhar tinha sido para seu ar inocente. Havia vermelho por toda parte. Na parede, no tapete, em seu focinho. Meu cérebro não pensou em analisar texturas, deduziu que era sangue. Meu corpo não apreciou a informação. Minhas pernas ficaram moles e meu coração quase parou. Levei vários segundos para entender que o lorde se interessara por meu batom.

Levei quase uma hora para limpar tudo e, pacientemente, expliquei a Édouard que não, aquilo não era legal, eu não estava contente, e que maquiagem era para humanos. Ele passou todo o sermão olhando para a parede, as orelhas baixas.

Pensei que ele tivesse entendido. Agora de manhã, com os olhos ainda pesados de sono, não consigo encontrar meu casaquinho cinza. Comprei-o recentemente, lavei, passei e o coloquei em cima da cômoda, com o resto da roupa do dia. Nunca usado. Procuro no banheiro, no armário, no aparador da entrada, na sala, ele não está em lugar nenhum. O tempo passa, preciso me apressar. Verifico na geladeira, outro dia deixei os óculos lá dentro. Não está. No congelador também não. Não tenho mais tempo, azar, pego o casaquinho preto do varal.

Édouard ainda dorme. Acordo o cachorro, precisamos sair. Ele se espreguiça com calma, boceja e se espreguiça de novo, sem se melindrar. Ele sai de sua caminha sem pressa, arrastando, enganchado em sua pata, meu casaquinho novo, amarrotado e cheio de pelos.

No caminho, ligo para Thomas. A secretária eletrônica atende, ele deve estar dormindo. Deixo uma mensagem:

– Bom dia, querido, é a mamãe. Precisamos falar sobre Édouard. Não aguento mais, precisamos encontrar uma solução. Ligue assim que puder. Beijos.

Ele me liga no fim da manhã. Todos os meus colegas estão na sala, vou para o depósito.

– Oi, mãe! O que ele fez dessa vez?

Conto. Ele ri.

– Adoro esse cachorro! – ele brinca.

– Então fique com ele, Thomas. Sou obrigada a trazê-lo para o trabalho, isso não pode continuar.

– Impossível, mãe. Nunca estou no apartamento, que é pequeno demais. Quando eu acabar os estudos, podemos...

– Ele tem 10 anos, Thomas. Você sabe muito bem que ele não vai estar mais aqui.

Arrependo-me de minhas palavras na mesma hora. Meu filho adora seu cachorro, sei muito bem disso. Quando ele me disse que iria para Paris, começou a chorar. Embora estivesse tão comovida quanto ele, reconfortei-o: nós nos veríamos sempre que possível, nos ligaríamos todos os dias, ele não teria tempo de sentir minha falta. Ele me encarou com surpresa e disse que não tinha dúvida, mas que, sem Édouard, a vida não seria a mesma.

– Ele incomoda tanto assim? – ele perguntou, desanimado.

– Se parasse de fazer besteiras, eu poderia ficar com ele, mas assim...

Ele se mantém em silêncio, parece pensar, depois, quase sem voz, acaba dizendo:

– Está bem, vou tentar encontrar uma boa família para ele.

A conversa não vai longe. Fico vários minutos no depósito, olhando para o telefone. Na tela, uma foto de Charline e Thomas, ainda adolescentes, abraçados na cozinha. Atrás deles, em sua caminha, Édouard parece sorrir.

Volto para minha mesa com uma bola na garganta. Édouard faz parte de nossa família há seis anos. Ele compartilha a maior parte de nossas lembranças, as crianças estão apegadas a ele, e preciso confessar que também me acostumei com sua presença. Mas ele não está feliz. Sou obrigada a levá-lo comigo para todos os lados para não despertar a fúria dos vizinhos, recebo cada vez mais palpites da senhora Madinier e temo o pior sempre que saio de meu quarto. Thomas tem razão. Édouard será mais feliz em outro lar.

32
LILI

Você não precisa mais de oxigênio.

Quando Florence me disse isso, à minha chegada, imagine como reagi. Malditos hormônios.

Você é uma campeã, meu amor.

Liguei para seu pai na mesma hora. Ele desligou sem dizer nada. Vinte minutos depois, chegava ao hospital.

Ele nunca duvidou. Ao contrário de mim, sempre soube que você sairia dessa. No dia seguinte a seu nascimento, ele foi à prefeitura de Bordeaux para registrá-la. O funcionário do registro civil perguntou a ele se você tinha um segundo nome. Não havíamos pensado nisso, mas, como um presságio, ele respondeu "Victoire", vitória.

Para sair do trabalho, seu pai disse que era uma emergência.

– Não menti totalmente, eu tinha uma necessidade urgente de parabenizar minha filha.

Sorri ao imaginá-lo enfrentando a chefe dele para voar até você. Conheço-a bem, ela também é minha chefe. Seu pai e eu trabalhamos juntos há três anos. Compartilhamos uma sala com mais duas pessoas, no setor administrativo de uma agência de viagens. Eu trabalhava há poucos meses quando ele foi contratado. Logo me deixou exasperada. Era muito confiante, se permitia algumas observações sobre minha suposta falta de organização, estava sempre com um sorrisinho satisfeito que me dava vontade de vê-lo desdentado. Mas o que mais me irritava era sua mania de assobiar. Ele assobiava o tempo todo,

todo tipo de música, clássica, rock, rap... Ele não era um ser humano, era um rouxinol.

Foi na festa de Natal que o vi sob outro prisma. Eu estava exausta, dormira pouco, seu avô estava doente e a preocupação com ele me consumia. Depois de duas taças, já estava bêbada. Lembro-me vagamente de um mágico, que encantava os filhos dos funcionários com truques de cartas, e tudo se embaralhou. Tropecei no vazio e beijei o chão. Caí dura, sem um som, sem sequer tentar me proteger. Como um dominó. Ninguém notou, exceto o Papai Noel, que correu na minha direção e me pegou no colo para me poupar das repreensões da chefe. Sob a barba, reconheci seu pai.

Ele me fez companhia a noite toda. Era seguro de si, brincalhão, pretensioso, mas também atencioso, agradável, engraçado e, coisa rara, sabia *realmente* ouvir. Seis meses depois, junto com um carregamento de protetores auriculares, mudei-me para a casa do rouxinol.

Florence veio ajudar seu pai a instalar-se com você. Visualmente, nada mudou. Você continua usando o gorro e a máscara, a ventilação por pressão expiratória ainda é necessária para que suas vias aéreas funcionem corretamente. A sonda gástrica passa por seu nariz. Seu peito está cheio de eletrodos. Um captador em seu pé mede os sinais vitais. No entanto, tudo mudou. Você não precisa mais do aporte de oxigênio. Você respira quase sozinha. É um dia importante.

Florence suspirou, os fios estavam emaranhados. Era a primeira vez que eu a via perder a paciência. Perguntei se estava tudo bem, os olhos dela se encheram de lágrimas.

– Não é nada, estou um pouco cansada – ela murmurou, manipulando os tubos.

De manhã, na ponta do corredor, um recém-nascido não havia resistido. O choro dos pais havia feito o corredor tremer. Muitas vezes, eu me perguntei como a equipe médica conseguia resistir àqueles dramas. A resposta estava no olhar de Florence.

– Vai passar – ela murmurou quando toquei seu braço suavemente.

– Vocês são incríveis no que fazem.

Ela deu de ombros:

– Apenas fazemos nosso trabalho. Alguns dias são mais difíceis do que outros. Nunca nos acostumamos.

Desde que cheguei, observo as funcionárias do setor. Elas correm de um leito a outro, nunca se sentam para descansar. Muitas vezes, ficam até bem depois do horário da mudança de equipe. Elas não contam as horas. Tratam os bebês como se fossem seus. Têm uma paciência ilimitada, necessária para resistir a todas as perguntas que faço. Elas sempre têm um sorriso, uma palavra amiga, um gesto carinhoso a oferecer. Estão sempre atentas, com os olhos nos monitores, os ouvidos em alerta, prontas a intervir a qualquer momento. Elas acolhem nossas emoções com empatia. Na semana passada, desmoronei na frente de Estelle. Botei tudo para fora: meu medo, minha tristeza e meu passado. Ela ouviu tudo, pacientemente, até o fim. Quando saiu do quarto, vi que secava os olhos. Elas são fenomenais. Levam luz à escuridão.

Florence conseguiu desemaranhar os fios. Ela colocou você sobre o peito de seu pai.

– Sinto muito – ela disse. – Eu não deveria ter fraquejado na frente de vocês.

Levantei uma sobrancelha:

– Espero mesmo que sinta muito, isto não se faz: fraquejar em público. Por acaso eu já fiz isso?

– Fazia tempo que eu não via lágrimas – brincou seu pai.

Ela riu. Estava saindo do leito, mas eu a retive:

– Florence, você não está apenas "fazendo seu trabalho". Vocês se debruçam sobre o berço de nossos bebês com o presente mais lindo: uma chance de viver. Vocês não são apenas trabalhadoras. Vocês são anjos da guarda.

Ela me agradeceu, depois saiu. Meu olhar se voltou para vocês dois, um contra o outro, peito contra peito, e, para variar, comecei a chorar.

CHARLINE

Boa tarde, querida, é a mamãe.
Tenha um bom dia! Mãe.
13h44

Oi, mãe, boa tarde pra você também! (sabia que você não precisa dizer quem é? seu nome aparece na tela)
14h12

Obrigada, querida, ligo mais tarde! Beijos.
14h16

Mãe.
14h17

33
ÉLISE

A enfermeira que nos recebe no setor de neonatologia se chama Florence. Hélène nos apresenta. Somos três aspirantes ao voluntariado, a estudante, o careca alto e eu. A aposentada ficou com medo de não ser forte o suficiente.

Florence e Hélène guiam a visita ao setor. O vestiário, o depósito, o banco de leite, a secretaria e a sala das famílias. Elas insistem na importância de desinfetar as mãos sempre que chegarmos ou tocarmos em alguma coisa. Em caso de doença contagiosa, devemos nos abster de vir.

O setor tem três zonas: a rosa, a azul e a verde. Cada uma tem uma ilha central cercada por um balcão, acessado somente pelos membros do setor. Dali, as enfermeiras têm uma visão de todos os leitos de sua zona e podem consultar os materiais, as telas de controle de cada paciente, as fichas médicas.

– Vocês podem perceber que as paredes dos leitos são transparentes – explica Florence. – Vemos tudo o que acontece lá dentro, constantemente.

– Foram malfeitos – comenta o careca alto.

– O quê? – espanta-se Hélène.

Ele vai até a parte de trás do balcão:

– Veja, daqui não consigo ver o primeiro leito. Seria mais sensato instalar câmeras.

Hélène olha para o teto:

– Obrigada pela análise, Jean-Louis, nós a transmitiremos ao departamento encarregado por isso. Se precisarmos de outra perícia, chamaremos o senhor.

– Está sendo sarcástica – ele comenta.

– Está sendo perspicaz – ela responde.

A visita é retomada, depois, um de cada vez, somos convidados a entrar em um leito.

Sou a terceira. Florence me acompanha.

É um menino chamado Eliott.

Ele está ligado a vários aparelhos, Florence me explica rapidamente como eles funcionam, me mostra a campainha, que permite alertar as enfermeiras em caso de urgência.

Não consigo tirar meus olhos daquele serzinho, cujo peito se enche e esvazia como um balão. Em sua minúscula mão, ele segura um polvo de crochê.

– Todos os nossos bebês ganham um – Florence me informa –, assim que chegam. Eles são feitos por voluntárias, segundo instruções bem precisas. Os tentáculos retorcidos lembram o cordão umbilical, os bebês se agarram a eles em vez de se agarrarem aos tubos.

Ela me convida a sentar. O recém-nascido geme quando ela o pega delicadamente no colo.

– Está tudo bem, Elliot – ela murmura para ele. – Esta é Élise, ela vai cuidar de você.

Seu corpo quente encontra o meu. Ele pega no sono imediatamente. Sua cabeça descansa em meu peito. Suas pernas estão encolhidas sobre meu braço.

– Você precisa estar confortável – murmura Florence. – Vai ficar várias horas na mesma posição. Como se sente?

Balanço a cabeça. As palavras não saem. Elas se embaralham dentro de mim e desistem, conscientes de que não serão capazes de descrever as emoções que me invadem. Sinto vontade de chorar e rir ao mesmo tempo. Florence repete a pergunta.

– Como se sente?

Olho para o minúsculo rosto de Elliot, a poucos centímetros do meu, e murmuro:

– Me sinto no lugar certo.

34

LILI

Você precisava de roupas novas. Seus *bodies* estavam ficando apertados. Você cresceu e ganhou peso, é um bom sinal. Ontem à noite, durante o jantar, anunciei a seu pai minha intenção de passar na loja de roupas para bebês antes de vê-la. Hoje de manhã, sua avó vestiu o casaco quando abri a porta para sair.

– Vai sair também? – perguntei.

– Vou com você.

Protestei, disse que seriam poucos minutos e que depois iria direto para a maternidade, sem voltar para casa, mas você já entendeu o grau de obstinação de sua avó. A cabeça dela foi usada para derrubar o muro de Berlim.

Seus avós continuam em nossa casa. Eu adoraria ter momentos de tranquilidade, sem precisar fazer sala, sem me sentir uma estranha em minha própria casa, sem ter que esperar para tomar minha ducha porque seu avô demora no banho, mas desisti de lutar, seria perda de tempo. Fico com você a maior parte do dia, só volto para comer e dormir. Não é tão ruim.

Assim que entramos no carro, entendi: ela decidiu me acompanhar menos para comprar suas roupinhas do que para conversar.

– Quero falar sobre algo com você.

Fixei os olhos na estrada e apertei o volante com força à espera do que viria. Temi o pior. Estava pronta para saltar do carro.

Ela continuou:

– Quero agradecer por nos acolher na casa de vocês. É importante, para nós, estar ao lado de nosso filho nesse momento difícil. Agora que você é mãe, sabe como é. Ele sempre vai ser nosso bebê. Tenho a impressão de que nasceu ontem, tudo passa tão rápido... Enfim, só queria dizer que tenho consciência de que não é fácil para você ter os sogros sob o mesmo teto. Espero que estejamos conseguindo ajudar um pouco, fazemos nosso melhor. Não sei se você viu, mas reorganizei as gavetas do quarto da pequena. É melhor arrumar por cores, fica mais fácil de achar as roupinhas. Você pode me perguntar qualquer coisa, se precisar de algum conselho. Você é como uma filha para nós. Estamos aqui por você também.

Abaixei o som do rádio e agradeci. Senti-me um pouco culpada. Fui dura com eles. Seu pai tem razão, eles só querem ajudar. Preciso me esforçar para não me sentir agredida pela presença deles. Afinal, eles não têm culpa se não estou acostumada com isso. Eles podem ser meio inconvenientes, mas têm ótimas intenções. Que sogra eu serei, quando você crescer? Não é impossível que eu classifique por cores as coisas que lhe fizerem mal.

Esse pensamento me comoveu. Era a primeira vez que me autorizava a imaginar seu futuro.

A loja havia acabado de abrir. A vendedora sorriu para mim, me vira várias vezes durante a gravidez. Foi ali que compramos os móveis para seu quarto e a maioria de suas roupas, tamanho um mês, como todo mundo nos aconselhara. No dia seguinte ao parto, seu pai foi comprar *bodies* tamanho prematuro. Pareciam roupinhas de boneca.

– Parabéns! – ela me disse, do caixa.

Agradeci e me dirigi ao corredor que buscava, torcendo para que ela não fizesse nenhuma pergunta indiscreta, pois eu não saberia o que responder, se com a verdade, arruinando o clima agradável entre nós, ou com uma mentira, sentindo-me trair você.

Ela não perguntou nada.

Escolhi alguns *bodies*, pijamas e uma manta leve. No fim do corredor, vi um conjuntinho azul-marinho com estrelas brancas, lindíssimo, que chamou muito a minha atenção. Infelizmente, não estava disponível no seu tamanho. Apenas no tamanho seis meses. Adivinhe o que fiz. Comprei. Para mais tarde.

35
ÉLISE

Em cinco dias, farei 50 anos. As crianças disseram que não podem vir festejar meu aniversário, mas não sou boba. Charline deixou algo escapar durante nossa última conversa ao telefone. Algo está sendo tramado. Fingirei surpresa.

Fiquei encantada com a ideia de ter os dois em casa, até lembrar que o quarto de Thomas não tinha mais cama. Ele não teria onde dormir.

Então voltei a abrir a porta de seu quarto. Comprei um sofá-cama, que o entregador se recusou a levar ao quarto andar. O senhor Lapin passou por mim enquanto eu tentava empurrar o móvel. Ele resmungou, contrariado por ter que contornar o objeto. Ousei pedir-lhe que me ajudasse. Ele se recusou, estava com pressa. A senhora Moussa acabou me dando uma mão. Arrastamos o sofá até o elevador, conseguimos enfiá-lo lá dentro, o enviamos ao quarto andar, subimos pelas escadas para recebê-lo e o empurramos até o quarto de Thomas. Para agradecer, convidei-a para um suco de laranja. Ela declinou da oferta, precisava liberar a *baby-sitter*.

Depois que Charline saiu de casa, demorei para reorganizar seu quarto vazio. Temi que ela se sentisse renegada, medo de que isso a impedisse de voltar. Esperei dois anos para transformá-lo. Mantive sua cama, para as noites em que ela estivesse em casa, e seu ursinho preferido. Acrescentei uma estante, livros, uma escrivaninha, cortinas, vida. Está na hora de fazer o mesmo com o quarto de seu irmão.

Sob o olhar impávido de Édouard, deitado à porta, guardo troféus e medalhas, coloco quadros e vasos nas prateleiras.

No armário, guardo os lençóis e as toalhas de banho, que enchiam a cômoda. Tiro os pôsteres, arrumo as fotografias. Troco o lustre do Star Wars por um de bambu. Dobro as últimas roupas. Cheiro-as. Deixo o grafite na parede. Levo para lá a tábua de passar, que não precisa mais ocupar espaço na sala. Uma planta, que definhava na cozinha. Pouco a pouco, o universo de Thomas desaparece. Fecho a caixa com as coisas de meu filho e a melhor fase de minha vida.

É doloroso. Sinto o calor do corpinho deles, ouço suas vozes, suas primeiras palavras. Vejo Thomas soltando minha mão e caminhando na direção do pai sob os aplausos da irmã. Vejo Charline orgulhosa, recitando um poema para mim no Dia das Mães. Parece que foi ontem. Onde foi parar o tempo?

A saudade embaça meu retrovisor. Tenho a difícil sensação de não ter aproveitado o suficiente. De não ter tido consciência da fugacidade desses instantes, no momento em que eles eram palpáveis. De ter deixado o supérfluo esmagar o essencial. De quinze em quinze dias, quando eles passavam o fim de semana com o pai, a saudade me levava a tomar resoluções. Depois, vinha a vida cotidiana. O trabalho, a casa, a cozinha, as compras, as caronas, os deveres e o cansaço.

O toque do telefone apaga minha nostalgia. O nome de meu ex-marido aparece, ao lado do *emoji* de um porco. Hesito em atender, não falo com ele há dois anos.

– Sim?

– Oi, Élise, sou eu.

– Eu quem?

– Ha, ha! Sempre engraçada.

– Obrigada.

– Charline me pediu para ligar para você.

Meu coração dispara.

– Aconteceu alguma coisa?

– Não, não, é sobre seu aniversário. Ela ficou com a impressão de que você não acreditou quando ela disse que não poderá visitá-la no fim de semana. É culpa minha, me esqueci completamente da data. É a festa de cinquenta anos de casamento de meus pais, ela não teve coragem de contar a você. Está marcada há um bom tempo. Vocês podem fazer algo outra hora, não se preocupe.

Não se preocupe.

Foi o que ele me disse há onze anos, quando descobri as mensagens. De uma mulher que conheceu na academia. Ela não representava nada. Ele não faria aquilo de novo, jurava que não. Ele me amava, não queria me perder. Perdoei-o. Isso me custou meses e uma terapia. Mas ele acabou indo embora com a mulher da academia, que não representava nada. Uma triste banalidade. A história de duas pessoas que se apaixonam e de uma terceira que cai no fundo de um abismo.

É verdade, não se preocupe. É o que respondo. Tudo bem, deixaremos para mais tarde, boa noite, obrigado por ligar, feliz aniversário a seus pais.

Ele desliga, desabo no banquinho novo, a cabeça entre os braços. Choro pela partida de Thomas, pela ausência de Charline, pelas velhas feridas, pelo tempo que passa. Choro como um bebê, como se nunca fosse parar. Algo me toca o braço. Levanto a cabeça, uma língua babada me lambe o nariz. Édouard me encara, ar confuso. Ele sabe que não tem o direito de subir no sofá. Mas não vou me preocupar com isso também. Então o abraço bem forte e deixo seu mau hálito asfixiar minha dor.

36
LILI

Sem combinação prévia, o pai do leito vizinho, a mãe dos trigêmeos, a mãe de olhar sombrio e eu nos encontramos todos os dias por volta da uma da tarde na sala das famílias. Não necessariamente conversamos, mas ficamos juntos.

É estranho, mesmo assim. Nunca estamos tão cercados de pessoas quanto em momentos de provação, no entanto, nunca nos sentimos tão sós. Eu estava pensando nisso outra noite, na cama. Estava dormindo nos braços de seu pai, algo que nunca fazíamos antes, eu precisava de espaço, só dormia bem cercada pelo vazio, mas desde que você chegou uma necessidade de contato constante se impôs. O choque nos uniu, literalmente. Precisamos nos tocar, acariciar, agarrar, para nos consolar, para nos reconfortar. Eu dormia nos braços dele, seus avós a poucos metros de distância, meu pai e sua madrinha ao alcance do telefone, todos os nossos amigos, vizinhos e colegas presentes e disponíveis, e eu me sentia infinitamente só. Ainda que compartilhado por muitas pessoas, o sofrimento não deixa de pesar.

Não me sinto menos sozinha na sala das famílias. Mas estar com pessoas que vivem mais ou menos a mesma coisa, que conhecem o longo corredor, a vista cinzenta, o quadro branco, os bipes dos aparelhos, que convivem com Florence, com Estelle, com o doutor Bonvin, pessoas que sabem o que é um monitor, uma sonda, uma saturação, que desinfetam as mãos várias vezes por dia, que conhecem o desconforto da poltrona azul, que comem comida fria, que sempre dormem mal, estar com pessoas que também se sentem sozinhas apesar de apoiadas, isso me faz bem.

Fui a primeira a chegar. Arrumei a mesa para quatro e enchi os copos de água. A mãe dos trigêmeos foi a próxima a chegar, com dois potes nas mãos:

– Fiz um bolinho.

Ela abriu os potes, o "bolinho" poderia alimentar uma cidade inteira. A mãe de olhar sombrio entrou, com uma careta que significava um sorriso. O pai do leito vizinho não demorou. Notícias encorajadoras sobre o estado de saúde de sua mulher haviam devolvido a cor a seu rosto.

– A propósito, como se chamam seus filhos? – perguntou a mãe dos trigêmeos.

Aqui, nossos nomes não têm importância. Para as enfermeiras e demais pais, somos "a mãe do/da" ou "o pai do/da".

Falei seu nome. Sempre sinto a mesma emoção quando o pronuncio em voz alta. Quando digo "minha filha" também. É algo novo, uma fase de minha vida na qual acabo de desembarcar.

– Os meus são Inès, Lina e Sohan. É difícil escolher um nome. Três, então, nem queiram saber!

– O do meu filho vocês já sabem – respondeu o pai do leito vizinho. – Ele se chama Milo.

Nossos olhares se encontraram na última.

– Clément.

Uma só palavra, e seu rosto pareceu menos sombrio. A mãe dos trigêmeos continuou:

– Faz quarenta dias que estamos aqui, é tão bom ter adultos para conversar! Adoro bebês, claro, mas eles não têm muito a dizer. Por que os de vocês estão aqui?

Ninguém falava, então ela se voluntariou:

– Os meus nasceram com trinta semanas. Já no terceiro mês as coisas ficaram delicadas, precisei ficar de cama a gravidez inteira. No início, era legal, principalmente porque antes eu trabalhava o tempo todo em pé, então foi um descanso, mas depois de um tempo não aguentei mais, tinha a impressão de estar me transformando num lençol, conhecia todos os personagens da novela. Deprê geral. Bom, teve um lado positivo, tricotei o suficiente para que tivessem roupas até os 40 anos.

Deixei escapar uma risada. Eu adorava sua maneira de contar as coisas. Ela continuou:

– O tempo não passava. Meu marido trabalhava bastante, voltava tarde da noite, às vezes minha vizinha me fazia companhia. Acho que eu preferia os personagens da novela. Ela é querida, não estou dizendo que não é, mas tem o carisma de um inseto. Depois de cinco meses, comecei a ter contrações, então fui hospitalizada, até que um dia a piscina se esvaziou e os peixinhos precisaram ser retirados.

– Eles estão bem? – perguntei.

– Lina e Sohan começaram a se alimentar sozinhos. Inès está com mais dificuldade, mas os médicos estão confiantes. Se Deus quiser, eles devem sair dessa sem sequelas. Tiveram muita sorte.

Ela baixou o tom de sua voz, como se quisesse conter sua alegria. Para que esta não incomodasse os outros. O pai de Milo tomou a palavra. Ele falou em sofrimento fetal agudo, falta de oxigênio, convulsões, hipotermia para limitar os danos, espera insuportável, esperança.

– Seu tônus melhorou. Parece que é um bom sinal. Quando minha mulher foi para o bloco cirúrgico, entendi que corria o risco de perder os dois. Eles sobreviveram, o resto veremos depois, passo a passo.

Instintivamente, a mãe dos trigêmeos deu uns tapinhas no braço dele. Procurei algo reconfortante para falar, a única coisa que me ocorreu foi o que as pessoas dizem quando não têm nada a dizer:

– Vai dar tudo certo.

A mãe de Clément se manteve em silêncio. Ninguém insistiu.

Em poucas palavras, contei nossa história. Até aquele momento, várias vezes nos considerei vítimas de uma grande provação. Aquele obstáculo em nosso caminho era um golpe do destino. Pela primeira vez, percebi o tamanho de nossa sorte. Para a maioria das pessoas, ter um filho é algo natural. Elas decidem ser pais, tentam por dois, quatro, seis meses, comemoram diante de um traço azul num bastonete, anunciam a notícia aos familiares, fazem ultrassonografias, dão à luz um pequeno ser de cinquenta centímetros e três quilos, descobrem-se com um coração elástico, passam a primeira noite em claro, tiram milhares de fotografias e voltam para casa com um membro a mais na família. No entanto, outros aprendem dolorosamente que ter um filho não é tão simples. Há os que esperam meses. Anos. Os que param de esperar. Os que passam por tratamentos. Injeções. Exames de sangue. Coletas. Os que guardam seu sêmen em frascos brancos. Os que se sentem mal ao passar por grávidas. Os que veem o olhar do ultrassonografista mudar. Os que recebem as piores notícias. O coração parou de bater. O coração não bate direito. Os que nunca mais terão o coração como antes. Os que precisam tomar uma decisão. Os que não podem tomá-la. Os que sairão da maternidade de braços vazios. Os que nunca verão aqueles olhinhos se abrirem. Os que darão à luz o silêncio. Os que verão as enfermeiras correrem. Os que terão o bebê levado. Os que ouvirão o inaudível. Problema. Malformação. Deficiência. Espera. Os que terão a vida ligada a aparelhos. Os que terão fotos de tubos. Os que empurrarão a porta da UTI.

Nunca pensei que dar a vida pudesse ocorrer de maneira diferente daquela que sempre nos contaram. Agora, como todos os outros pais hospitalizados, sei a que ponto ter um filho com boa saúde é um milagre.

37

ÉLISE

Não recebo bolotas de carvalho há dois dias. Que estranho.

Bato à porta da senhora Di Francesco. Ela não responde. Insisto. Chamo o senhor Lapin, que acaba de entrar no prédio segurando uma mesinha.

– Ainda bem que ela parou com aquelas piadas sem graça – ele diz. – Os policiais nunca aceitaram minha queixa. Disseram que cenouras não representavam uma ameaça. Por que você está rindo?

Não consegui me conter. Ele entra no elevador e me ignora quando afirmo que estou preocupada. Fico ali mais de uma hora, falo com todos os vizinhos que encontro. Ninguém sabe de nada, e ninguém se importa.

Decido subir quando uma mulher que não conheço entra no hall e se dirige à porta do apartamento do térreo. Ela tira um molho de chaves da bolsa e, uma a uma, tenta inseri-las na fechadura.

Aproximo-me, ela leva um susto.

– Desculpe, não quis assustá-la.

– Tenho fobia de cães – ela diz, olhando para Édouard.

– Conhece a senhora Di Francesco?

– Ela é minha tia. Está no hospital, quebrou a cabeça do fêmur. Vim buscar algumas coisas.

– Ela vai ficar muito tempo internada?

Uma chave finalmente encaixa na fechadura. A porta se abre, a sobrinha entra no apartamento enquanto seguimos falando. Dou um passo para dentro. É uma verdadeira bagunça. Sob a luz filtrada, os tapetes parecem atirados ao acaso, molduras de todos os tamanhos preenchem as paredes, um emaranhado de fios corre pelos rodapés, livros se empilham no chão, e o aparador está repleto de caixas cheias de bolotas de carvalho, pedras, rodelas de cenouras, pregos, galhos e *post-it*. Levo alguns segundos para entender que os últimos são destinados à família Lacolle, do segundo andar.

– Uma ou duas semanas, depois irá para um lar de idosos, até conseguirmos lugar para ela numa clínica especializada.

– Ela não vai voltar?

A sobrinha sai do cômodo que imagino ser o quarto da senhora Di Francesco com uma pilha de roupas nas mãos:

– Não, ela não pode mais voltar. Faz tempo que minha irmã e eu queremos levá-la para uma clínica. Ela está senil, esquece de tomar os remédios, de comer. Ela precisa de cuidados. Não está gostando, mas é assim que deve ser. Esse cachorro é realmente muito estranho.

Volto para casa com o coração apertado. Eu não sentia um afeto transbordante por minha vizinha, mas sabê-la obrigada a sair de sua casa me entristece. Vivi dez anos a poucos metros dela, alguns locatários convivem com ela há várias décadas. Acostumei-me com sua presença.

Pego uma folha de papel e uma caneta, escrevo uma mensagem aos moradores do prédio e desço para afixá-la no hall de entrada:

A senhora Di Francesco, do apartamento 3,
vai se mudar para um lar de idosos.
E se lhe comprássemos um presente de despedida?
Escreva-me se quiser participar.
Obrigada,
Élise Duchêne, apartamento 47.

Volto para meu apartamento e recebo uma mensagem de Thomas. Ele encontrou uma família para Édouard.

38
LILI

Quando cheguei, hoje de manhã, fui recebida por uma boa notícia. Adeus, berço aquecido, você passou para um berço normal. Seu corpo consegue regular a própria temperatura.

A cada novo progresso, é como se você soprasse o nevoeiro para longe. Vejo o futuro com mais clareza. Relaxo, mesmo não estando totalmente serena. Desconfio da felicidade, ela costuma cobrar caro demais. Ela chega, desfaz as malas, ocupa o espaço até os mínimos recantos, é agradável, uma boa companhia à qual nos acostumamos, à qual nos apegamos, torna-se indispensável e, de repente, desaparece. Voltamos para casa, e ela se foi, deixando a porta aberta para a tristeza.

Quando a psicóloga chegou, seu pai estava conosco. Ele se preparou para sair do leito, mas ela o deteve.

– Como vai?

Ele contou a boa notícia, ela ficou encantada, mas não se deixou enganar.

– Não vai ficar?

– Pensei que queria falar com minha mulher.

– Não necessariamente. Se quiser, posso ouvi-lo. Também é difícil para os pais. Eles tendem a querer administrar tudo, por motivos variados. Às vezes, porque ocupa um lugar específico no inconsciente coletivo, é a mãe quem recebe o apoio, os sinais de afeto. Os pais podem se sentir deixados de lado.

Ele respondeu que não era seu caso. Depois, pensou um pouco e acrescentou:

– Estamos bem amparados, os dois. Não me sinto deixado de lado. Às vezes, porém…

Ele se interrompeu. Com um sorriso, Eva o encorajou. Ele continuou, sem olhar para mim:

– Às vezes me sinto um pouco deixado de lado por Lili.

Recebi sua frase como um soco na cara. Ele emendou, numa voz doce:

– Nesse momento, com exceção da pequena, nada importa para ela. É normal, não a censuro, mas o mundo segue girando lá fora! Faço tudo para que ela não precise fazer nada além de cuidar de nossa filha, trabalho, faço as compras, pago as contas, alimento o gato, dou notícias aos amigos… Estou exausto e tenho a impressão de que ela não vê.

Respirei fundo. A psicóloga me encarava em silêncio. Senti-me num tribunal.

– Claro que vejo. Estou sempre perguntando como se sente e você diz que está tudo bem. Por que não me disse?

– Acabei de dizer.

Não insisti. A mania que ele tem de guardar rancor é um de nossos principais pontos de discórdia. Ele cala suas contrariedades, suas raivas, suas críticas, guarda tudo numa caixinha, onde elas se acumulam, alimentam umas às outras. E um dia a caixa explode. Uma dessas explosões foi quase fatal para nós.

– Talvez você pudesse ter me dito isso a sós.

Eva interveio:

– Vocês sabem que os casais costumam se desestabilizar com a chegada de uma criança. Não é raro que se separem no ano seguinte ao nascimento. É uma grande mudança deixar de ser a pessoa mais importante para a outra. Se somarmos a isso as complicações que a filha de vocês teve, é um furacão. Os problemas compartilhados são mais difíceis de superar, pois todos os indivíduos envolvidos estão fragilizados e cada um tem sua maneira pessoal de reagir. Isso sempre cria atritos.

Pensei em nossa necessidade de toque constante e repliquei:

– Eu estava com a impressão de que tudo isso nos unia.

Ele suspirou:

– Você sempre precisa exagerar. Não é porque ouso confessar que me sinto um pouco deixado de lado que não estamos unidos. Só quero dizer que, agora que estamos mais tranquilos, você poderia, por exemplo, passar um pouco de tempo em casa. A vida continua lá fora!

Eu entendia a necessidade de presença que seu pai sentia, mas teria gostado de um pouco de empatia da parte dele. Ele é a única pessoa capaz de me ferir a ponto de me fazer esquecer minha aversão por confrontos. Quando isso acontece, tenho a péssima mania de devolver as críticas, se possível com um pouco de maldade:

– Talvez eu ficasse mais em casa se não corresse o risco de topar com seu pai de cueca.

Ele riu:

– Ainda bem que meus pais estão lá! Não sei como faria para cuidar de tudo sem eles.

– Não diga! Sua mãe deve ter amamentado você até os 18 anos.

Minha voz estava calma, mas meu sangue fervia nas veias. Eu não o perdoava por ter declarado guerra, mas não perdoava ainda mais a mim mesma por não saber cessar fogo. Como sempre ao me sentir atacada, fui longe demais. Percebi isso assim que as palavras saíram de minha boca, mas não pude contê-las. Ele rosnou:

– Ao menos ela não desiste de tudo ao primeiro obstáculo.

– Ah, ela seria incapaz de fazê-lo! – ironizei. – Sua mãe é perfeita, meu amor.

Ele abriu a boca, inspirou fundo e mudou de ideia. Nós nos desafiávamos com o olhar, eu sabia que ele queria gritar comigo, sabia a frase que diria. Eu via suas mandíbulas se contraírem e implorei mentalmente que não ousasse ir tão longe. A psicóloga começou a falar sobre a raiva, que costumava ser reveladora de outras emoções, como a tristeza e o medo. Ouvi-a e pensei que sem dúvida tinha razão, que o cansaço e a angústia das últimas semanas exacerbavam o menor atrito. Tentei recuperar a calma acariciando seu braço, eu não queria que você fosse contaminada pela agressividade circundante. Seu pai olhava para o chão, o cenho franzido. Eva interveio:

– É sempre melhor dizer o que sentimos do que criticar. "Eu sinto" em vez de "Você fez isso". Talvez vocês possam reformular o que sentem?

Era a ocasião de neutralizar a situação. Ela se virou para mim, eu deveria começar. Inspirei fundo e retirei a armadura:

– Eu me senti ferida, mas entendo o que você quis dizer. Não consigo pensar em mais nada além dela, mas vou fazer um esforço. Se quiser, posso voltar mais cedo à noite?

A psicóloga recebeu minhas palavras com um assentimento. Seu pai olhou para mim, encarou-me por um bom tempo, eu sorri, pensei que ele fosse sorrir também, mas não, ele se levantou sem abrir a boca e saiu.

Bom dia, meu querido, é a mamãe. Liguei ontem à noite, recebeu minha mensagem? Beijos. Mãe.
11h38

Estou em aula, ligo à noite.
11h44

Você deveria desligar o telefone durante a aula, para não se desconcentrar. Beijos, meu querido. Mãe.
11h48

39
ÉLISE

O bebê de hoje se chama Noah. Ele está internado há vinte dias, na zona verde. Nasceu com 7 meses. Teve uma infecção, já curada. Ainda precisa de um aporte de oxigênio para respirar.

Ele é grande. Não gordo, mas comprido. Tem dedos delicados que se agarram a minha blusa. É agitado. Suga sua chupeta com frenesi.

A enfermeira neonatologista que estava conosco, Julie, me disse que ele precisava de muito carinho.

– Seus pais não podem vir com frequência? – perguntei.

Ela confirmou com a cabeça. Não preciso saber os detalhes.

Durante quatro horas, recupero os antigos reflexos. Acaricio sua cabeça, sua orelha, sua bochecha, canto a canção de ninar que fazia meus filhos dormirem, cochicho histórias em seus ouvidos, às vezes sobre mim. De tempos em tempos, ele abre um olho curioso e volta a mergulhar no sono.

Deixo-o a contragosto. Julie me informa que alguns voluntários comparecem várias vezes por semana. Se eu quiser, posso solicitar o mesmo.

No vestiário, encontro Jean-Louis, o careca alto. Conversamos algumas banalidades, eu falo de Noah, ele descreve Lou, e saímos do setor juntos. Estamos no elevador quando ele me diz:

– Você é solar. Sempre que a vejo, é uma alegria.

Murmuro um agradecimento constrangido, ele retoma a conversa onde ela havia parado. Fazia muito tempo que não me elogiavam. Na última vez, foi o motorista de uma van de entregas, enquanto eu caminhava pela calçada. Alguém consegue seduzir uma mulher perguntando: "Suas pernas são lindas, a que horas abrem?".

Jean-Louis me acompanha até o carro. A lua, redonda, ilumina o céu.

– Meu filho passou dois meses internado ao nascer – ele diz de repente. – Eram gêmeos. O outro morreu logo depois do parto. Quando soube que buscavam voluntários, não hesitei. E você, tem filhos?

– Dois.

Penso em não dizer mais nada, desejar-lhe boa-noite e me despedir, mas lembro de minha resolução.

– A mais velha mora em Londres, o mais novo em Paris.

– Ingratos – ele responde, balançando a cabeça. – O meu foi para perto de Lille, atrás de um amor. Eles nos acordam dez vezes por noite, vomitam na gente, nos fazem aplaudir o conteúdo de seus pinicos, nos obrigam a assistir a shows de marionetes, nos fazem voltar a mergulhar na tabuada, colar protetores solares do Mickey no carro e ler as histórias do Clifford, nos causam úlceras e depois nos abandonam. Que injustiça. Deveríamos ter comprado tartarugas de estimação.

Olho para ele, sem conseguir avaliar se está falando sério ou não.

– Não se queixe, você não ficou cheio de estrias.

Ele ri:

– Não, mas tenho uma placa de metal no fêmur desde que o ensinei a esquiar.

– Minha filha colou um chiclete em meus cabelos.

– Enquanto eu cochilava, meu filho enfiou a cabeça de um Lego no meu nariz.

Desisto, soltando uma gargalhada

Na volta, paro no restaurante japonês perto de casa. O dia me exauriu, não tenho forças para preparar o jantar. Espero meu pedido no balcão, em meio ao burburinho caloroso do ambiente. A meu redor vejo casais, famílias e amigos. Um sopro de melancolia me invade, mas logo o expulso. Vou voltar para casa, degustar minha refeição lendo alguma coisa, com a agradável certeza de que ninguém enfiará nada em meu nariz quando eu pegar no sono.

40
LILI

Conheci seus pequenos vizinhos. A mãe dos trigêmeos sugeriu que apresentássemos nossos filhos uns aos outros. Foi comovente visitar seus colegas de início de vida.

Foi um momento intenso, o ponto de partida para novas relações, mais profundas. Estávamos definitivamente envolvidos. Não tecemos nenhum comentário. Nosso silêncio disse tudo.

Começamos por Milo, depois passamos para ver os trigêmeos e você. A seguir, a mãe de olhar sombrio nos levou até Clément. Uma residente que eu não conhecia estava no leito dele, com uma pasta nas mãos.

– Está tudo bem? – preocupou-se a mãe.

A residente não respondeu, ela estava concentrada na leitura dos documentos.

– Doutora, há algum problema?

Sua voz revelava sua angústia. A mãe dos trigêmeos, o pai de Milo e eu saímos para deixá-las a sós. Do corredor, ouvimos tudo:

– O doutor Bonvin lhe explicará tudo – disse a residente.

– Posso ver que há algo errado, sempre me dizem para esperar, mas não aguento mais, cada segundo é uma tortura. Pelo amor de Deus, me diga alguma coisa!

Nenhuma resposta. Ela insistiu:

– Tem os resultados?

Houve um longo silêncio, até que a voz da residente o cortou:

– O doutor Bonvin virá falar com a senhora. Temo que as notícias não sejam boas.

Ela abriu uma granada, lançou-a no coração da mãe de Clément e saiu para continuar seu dia tranquilamente. Fiquei paralisada. Esperamos alguns minutos antes de voltar ao leito. A mãe de Clément estava imóvel, de pé junto à janela. O pai de Milo pousou a mão em seu ombro. A mãe dos trigêmeos saiu com pressa. Ela voltou alguns minutos depois com um bolo:

– Tome. Há tanto açúcar aqui dentro que o cérebro se desconecta.

Ela agradeceu em silêncio, pegou o bolo e manteve-o na mão. O medo deformava seu rosto, ela estava vivendo aquilo que todos os pais do setor temiam, e precisava esperar para conhecer os detalhes de seu pesadelo.

Saímos do leito fechando a porta em silêncio e pensamos na melhor maneira de fazê-la respirar um pouco antes da próxima onda.

Fomos ao centro comercial mais próximo.

Começamos pela livraria. Os livros são a melhor maneira de voar para outras realidades quando a nossa está pesada demais. Não hesitei muito, comprei-lhe meu preferido: *A vida pela frente*, de Romain Gary. O amor, o humor e a poesia que se desprendem desse romance me pareceram um bom remédio. O pai de Milo escolheu *O alquimista*, a mãe dos trigêmeos selecionou *O velho que lia romances de amor*.

Passamos em uma loja de cama, mesa e banho. O vendedor nos ajudou a escolher um travesseiro para tornar as noites dela no sofá-cama mais confortáveis.

Guardamos o melhor para o fim. Na papelaria, compramos uma folha A3 e lápis de cor, depois passamos na loja de artigos esportivos.

Levamos tudo para a sala das famílias. Ela nos encontrou ali depois de conversar com o doutor Bonvin. Os resultados

dos últimos exames não mostravam nenhuma melhora no estado de Clément. Nossos presentes eram a única coisa que tínhamos para melhorar seu astral.

No primeiro embrulho, ela fungou. No segundo, enxugou os olhos. No terceiro, soluçou. No quarto, fez tudo ao mesmo tempo. Estávamos ansiosos com a abertura do quinto. Ela rasgou o papel de presente sem entender por que lhe dávamos um conjunto de dardos. Quando a mãe dos trigêmeos fechou a porta, seu rosto se iluminou. Atrás da porta, havíamos pendurado um alvo, em cujo centro estava desenhado o rosto da residente.

Boa tarde, meu querido, é a mamãe. Há uma grande tempestade em Paris, tudo bem com você? Beijos. Mãe.
14h21

Thomas, tudo bem? Tento ligar, mas cai na secretária. Mãe.
15h02

Thomas, vi imagens da tempestade, estou preocupada. Responda. Mãe.
15h32

Desculpe, mãe, eu estava em aula, meu celular estava no modo avião.
15h56

Que ideia, devia deixá-lo sempre ligado! Fico mais tranquila. Beijos, meu querido. Mãe.
15h57

41
ÉLISE

Tolero cada vez mais o esforço físico, mesmo quando meu corpo não parece concordar comigo. No fim da aula de dança, eu deito no chão como uma estrela do mar. Édouard, que assistia à aula comportadamente, pula sobre mim. Nora tenta me reanimar:

– Vamos, vovó, em pé! Mas devagar, cuidado com a osteoporose.

Ela é gentil.

As outras alunas já saíram da sala, Mariam espera pacientemente que eu reúna meus pedaços.

– Vamos comer na minha casa? – ela nos convida.

Gemo:

– Estou morrendo, vou atrasar você.

– Está bem, boa noite! – ela diz, girando nos calcanhares, seguida por Nora. – Pena, ontem preparei um risoto delicioso, vai ficar ainda melhor requentado.

Meu estômago assume o controle de meu corpo, levanto-me e junto-me a elas.

O apartamento de Mariam é aconchegante, cheio de móveis, decorado com bom gosto. Em contrapartida, seus talentos culinários são discutíveis.

Com a boca cheia de risoto, Nora articula:

– Caramba, dá para perder um dente com isso.

Mariam aperta os lábios.

– Está muito bom. Élise, o que achou?

Engulo uma segunda garfada, saboreio a comida, depois balanço a cabeça:

– Você é exigente demais, Nora. Está delicioso para um pedaço de borracha.

Nora cospe o vinho que tem na boca. Mariam banca a ofendida e retira os pratos. Enquanto ela se afasta para a cozinha, sua risada contida chega até nós. Édouard a segue mexendo o rabo.

O tempo passa, entre confidências e gargalhadas. Redescubro sensações perdidas. Eu havia esquecido como gostava de encontros com amigos. Descobrir o outro, revelar-se, adivinhar pontos em comum, trocar lembranças, escolher o que se quer contar, calar o que não se está pronto para dizer, ampliar os horizontes.

Mariam fala alto, ri alto, vive alto. Ela havia crescido dentro de um ambiente estreito demais para ela. Assim que pôde, extravasou.

– Nunca gostei de imposições – ela explica. – Já ao nascer, cheguei dois meses antes. Eu era uma garotinha desobediente, nenhum castigo era grande demais para me forçar a obedecer às regras. Eu não entendia por que não podia simplesmente fazer o que quisesse. Eu me sentia diferente dos outros. Meu corpo envelheceu, mas minha alma não. Continuo sendo a menina que vai atrás de seus desejos. Se não quero comer, se não vejo prazer na ideia de sair, me abstenho. Em contrapartida, se algo me faz vibrar, como dançar, acarinhar bebês hospitalizados, ajudar mulheres agredidas, tocar violão, pouco importa, faço de tudo para levar meu projeto até o fim, sem esperar. Nesse momento, planejo um mochilão pela Índia e estou empolgada!

– Você é uma mulher forte – comento, enchendo nossos copos.

Ela solta uma gargalhada:

– Não sou mais forte do que vocês. Estou cheia de angústias, mas decidi superá-las. A vida acontece logo atrás do medo. Ele não passa das antecipações e criações de nosso cérebro. De fardos pesados demais para serem carregados.

Eu me sentia uma fanática contemplando aquela mulher:

– Eu gostaria de ser livre como você. De ir para os lugares aonde minhas vontades me guiassem, de me livrar das obrigações que me sobrecarregam. Sonho em viajar, mas seria incapaz de fazer isso sozinha.

– Você é seu único freio. A única pessoa que tem a obrigação de fazê-la feliz é você mesma.

– Eu sou o contrário – confessa Nora. – Não penso antes de agir, então me arrependo de um monte de coisas. Tatuei o rosto da rainha da Inglaterra na coxa, por exemplo.

Gargalhamos, até que entendemos que não é brincadeira. Nora se levanta, abre o jeans e prova sua confissão. Contenho uma risada:

– Que merda.

– Essa rainha levou um Big Ben na cara – observa Mariam.

Dou tanta risada que mal consigo falar:

– É o Brexit da cabeça com o tronco.

– E vocês nem viram a outra coxa – afirma Nora.

Suplicamos que a mostre, ela prefere guardar um pouco de mistério – e de dignidade.

A conversa segue até tarde. Eu poderia ter ficado mais. Essa noite, não pensei nem em Thomas nem em Charline. Essa noite, pela primeira vez em muito tempo, não fui mãe.

42
LILI

Hoje cheguei mais tarde que de costume. Fui antes abraçar seu avô, é uma data especial. Sua avó, minha mãe, faria 60 anos.

Ele estava arrumado, usava uma camisa azul, a cor preferida dela. Estava quase saindo de casa. Todos os anos, ele passa o dia em Biarritz. Ela segue vivendo nas suas melhores recordações dele.

Dessa vez, não estarei junto. Mas coloquei o colar de que ela tanto gostava, com a lua e o sol. Um dia ele será seu.

Seu pai me deu um buquê de hortênsias antes de sair para o trabalho. As flores preferidas de minha mãe. Na outra noite, depois da sessão com a psicóloga, conversamos bastante. Acabei concordando que havia exagerado. Ele admitiu que sua reivindicação era egoísta. Pedimos desculpas um ao outro. Às vezes é difícil ficar de mãos dadas numa montanha-russa.

Aproximei-me do seu leito e ouvi vozes. Reconheci a de sua avó (a mãe de seu pai), eu não sabia que ela viria. Ela sabia que eu não estaria presente. Parei no corredor. Seu tom era afável, mas a irritação transparecia:

– Não concordo. Já avisei sua colega.

A voz de Florence replicou:

– Senhora, os efeitos positivos da chupeta em bebês prematuros já foram comprovados. Ele os ajuda principalmente a liberar o estresse, além de melhorar a sucção, que costuma se desenvolver no final da gestação.

– Escute, telefonei para meu ortodontista, o doutor Foucard, ele sabe das coisas. A chupeta deforma o palato e a mandíbula, é grave. Meu filho nunca usou e nunca reclamou. Vocês estão ensinando maus hábitos para a minha neta. Ouvi dizer que colocam açúcar na chupeta, mas nisso não posso acreditar.

Florence mantinha uma calma admirável:

– Exatamente, utilizamos uma solução adocicada durante alguns tratamentos invasivos. A glicose tem propriedades analgésicas.

– Então, além de ficar com dentes de coelho, minha neta será diabética. É inadmissível. Vocês não podem nos impor suas próprias escolhas. Deveriam ouvir as famílias!

– Foi o que fizemos. Os pais não se opuseram.

– Claro que não. Meu filho está trabalhando e minha nora aceita tudo sem pensar. Ela é jovem. Não vai mesmo tirar a chupeta?

– Tenho trabalho a fazer, preciso ir – concluiu Florence antes de sair do leito.

Ela não me viu, eu havia recuado. Esperei alguns minutos, depois entrei no leito. Sua avó sorriu para mim, fiz o mesmo, embora sentisse vontade de transformá-la em papel de parede.

– Chegou cedo! Seu pai vai bem?

– Muito bem, obrigada.

Ela inclinou a cabeça para o lado e me olhou com comiseração, como sempre faz quando falamos de minha mãe. Ela sem dúvida esperava mais algum comentário, mas não o fiz. A única coisa que me interessava era você. Acariciei sua bochecha, você dormia tranquilamente.

– Esquecemos a que ponto ela é pequena – murmurou sua avó.

Ela parecia comovida. Imaginei você aos 30 anos, mais alta do que eu, com sua própria família, sem precisar de meu calor, e me senti próxima a ela.

– Quer pegá-la no colo?

Ela sacudiu a cabeça:

– Ah, não, não me sinto muito à vontade com bebês! Ficaria com medo de quebrar o pescoço dela. Quando meu filho tinha a mesma idade, eu só queria uma coisa: que ele crescesse.

Ela fez uma pausa, depois continuou:

– A propósito, acabei de pensar numa coisa. Eles não param de enfiar essa chupeta na boca da pequena, é muito ruim para ela. Você não quer lhes dizer que é contra?

43
ÉLISE

Arranco a mensagem da parede. Nenhum vizinho manifestou vontade de participar da vaquinha. Ontem à noite, a sobrinha da senhora Di Francesco veio buscar os livros que ela lhe pedira. Colhi bolotas de carvalho e pedi que as levasse para ela de minha parte, junto com uma mensagem. Acabei tendo uma ideia. Há pouco, ao sair do trabalho, comprei algumas coisas no supermercado. Ao cair da noite e com o prédio silencioso, desço pelas escadas e, sem acender a luz, encho as caixas de correio de pregos, cenouras, pedras, *post-it* e, no meu caso, bolotas de carvalho.

Subo rindo e ofegando – mente de 8 anos, pernas de cinquenta.

Alguns minutos depois, às nove da noite, alguém toca o interfone. Imagino que seja a polícia para me prender, hesito em atender, o interfone toca de novo. Atendo.

– Boa noite, vim ver o cachorro.

Eu havia me esquecido.

Thomas ligara para avisar, de manhã.

É um homem na casa dos 40 anos, com os dois filhos. Como de costume, Édouard pula em cima deles. As crianças adoram.

– Papai! Ele parece a vovó Bigode!

– Seu filho me enviou algumas fotos – declara o pai, sorrindo. – Ele é ainda pior ao vivo.

Ele se agacha e coça a cabeça do cachorro que, encantado, rola de costas e oferece a barriga arredondada. Seis mãos tratam de deixá-lo feliz.

Eles têm um quintal imenso, afirma o homem, e ele trabalha em casa. Raramente se ausenta. As crianças moram com ele. Eles tinham um vira-lata, adotado bebê, que morreu no mês passado. E que deixou um grande vazio. Ele pensou em comprar um filhote, mas preferiu dar uma segunda chance a um cachorro abandonado. Seu irmão é colega de Thomas, foi ele que lhe falou de Édouard.

– Ele se mantém limpo?

Olho para Édouard, que tem o rabo como um metrônomo, está com a boca aberta de alegria, e meu coração se aperta, volto a vê-lo no abrigo de cães, na cama de Thomas, bancando o tapete em meu escritório, o inocente no sofá, o vigia no carro, correndo nas escadas, brincando no parque, espreitando a porta do banheiro, me fazendo um carinho quando choro, de repente mudo de ideia, sinto vontade de responder que não, que ele não se mantém limpo, que faz as necessidades em qualquer lugar, que confunde os móveis com mastigadores e os casacos com travesseiros, que late o dia inteiro e tem medo da própria sombra, mas se dissesse isso eu o privaria desses momentos que não tenho mais certeza de poder lhe oferecer.

– Se vocês não o deixarem sozinho por muito tempo, ele se manterá limpo.

Eles se despedem depois de prometerem a Édouard voltar para buscá-lo no domingo à noite. Para terem tempo de preparar sua chegada.

Assim que a porta se fecha, ligo para Thomas. Preciso ouvir que é a coisa certa a fazer, que Édouard será feliz na casa daquela família.

– Só conheço meu amigo – ele responde. – Ele é legal, mas o irmão não sei. O que você achou?

– Parece boa pessoa. As crianças são adoráveis.

– Que bom. Então será melhor para ele.

– Sim, filho, será melhor.

Não é a ele que quero convencer.

A conversa é breve. Thomas me diz que precisa estudar, mas sua voz trêmula denuncia seus verdadeiros motivos.

Deixo o telefone em cima da mesa de centro e puxo a manta até as coxas. O calor está insuportável, mas sinto frio. Édouard me observa, sentado a meus pés. Ele balança o rabo. Deve ter ouvido a voz do dono. Bato no sofá para convidá-lo a subir. Pensei que ele hesitaria, que ficaria com medo de ser censurado, mas, antes que eu tenha tempo de tirar a mão, ele toma impulso e pula em cima de mim com a graça de uma bigorna.

44

LILI

Sua madrinha veio passar a tarde conosco. Ela nos visita sempre que pode, não me arrependo de tê-la escolhido, mesmo sabendo que você vai aprender com ela muitos palavrões.

Ela trouxe mais fotos dela mesma, como se as oito já presas ao quadro branco não fossem suficientes.

– A pequena precisa se acostumar comigo. Sou como os brócolis, preciso ser introduzida aos poucos.

Ela arregalou os olhos quando percebeu o duplo sentido de sua frase. Demos boas risadas.

Ela finalmente aceitou pegar você no colo. Estelle ajudou-a a se acomodar. Você reclamou um pouco, fiquei orgulhosa: parecida comigo. Era a primeira vez que ela segurava um bebê, e foi tão comovente quanto hilário. Você precisava vê-la: manteve as costas retas, as pernas duras e os braços paralisados, como se segurasse uma bomba nuclear. Em três minutos, decretou que você não estava confortável e que era melhor encerrar a experiência, para acabar com seu calvário. Você reclamou de novo.

Ela me convidou a acompanhá-la até a rua, disse que precisava de um cigarro depois daquele acontecimento. Paramos na sala das famílias, para tomar um café. A mãe dos trigêmeos estava lá.

– A propósito, Cruela e Capitão Gancho continuam na casa de vocês? – perguntou sua madrinha.

Entendi que falava de seus avós e ri:

– Continuam. Entreguei os pontos, eles vão ficar lá até sairmos daqui.

– Não sei como você aguenta. Em seu lugar, acho que teria feito picadinho de sogro e sogra.

A mãe dos trigêmeos interveio:

– Não se queixe, minha Cruela é minha própria mãe. Ela veio me ver hoje de manhã com um presentinho: cápsulas emagrecedoras e fotografias de quando eu era magra.

Sua madrinha caiu na gargalhada:

– E você tomou?

– Nenhuma. Vou guardá-las para minha futura nora.

Deixamos a sala das famílias, que recebera o pai de Milo e a mãe de Clément, e, todos juntos, saímos para tomar um ar. Era estranho nos vermos em outro ambiente.

O dia estava bonito. Sentamos num banco cercado por um gramado, perto do estacionamento. Sua madrinha contou as últimas das celebridades, ela adora acompanhar fofocas desde a adolescência, conhece todas as carreiras e amores, comove-se com os nascimentos, fica chocada com as traições. Foi o meio que encontrou para se distrair da própria vida. Ela se recusa a comprar revistas, mas, enquanto ninguém olha, folheia todas descaradamente.

Por uma hora, não falamos de você. Nem de Milo, Clément, Inès, Lina ou Sohan. O sol acariciava nossa pele, as pessoas passavam por nós de carro ou a pé, os pássaros cantavam, a vida seguia. E foi bom.

Antes de subir, a mãe de Clément tirou um canivete da bolsa. Quase saí correndo, mas ela o abriu, se agachou, e, na madeira do banco, gravou algumas letras. Quando terminou, tinha um sorriso satisfeito. O encosto do banco carregava o nome de nossos pequenos náufragos do setor de neonatologia.

CHARLINE E THOMAS

Bom dia, meus queridos, é a mamãe. Eu só queria dizer que amo vocês. Beijos. Mãe.
8h44

Boa noite, meus queridos, é a mãe de novo. Retiro o que disse. Beijos. Mãe.
21h56

45
ÉLISE

Muriel me ligou de Los Angeles. Eram duas da manhã, mas, com a diferença de fuso, foi fácil perdoá-la.

– Feliz aniversário, minha velha!

Lembrei-lhe que eu era um ano mais nova do que ela.

Sinto falta de Muriel. Crescemos juntas, eu nos imaginava envelhecendo da mesma maneira. No dia de seus 40 anos, ela recebeu presentes, declarações de afeto e uma bofetada da realidade. Ela não gostava do trabalho, menos ainda do companheiro, não aguentava mais aquele corpo que lhe recusava um filho. Levou alguns meses para juntar suas ilusões e desenhar seu futuro, depois pegou um voo para Los Angeles, onde, nas séries de televisão, a vida lhe parecia mais fácil. Ela continua sem gostar do trabalho, sem amar nenhum de seus companheiros, mas se reconciliou consigo mesma.

Foi bom ouvi-la. Falamos muito de vez em quando, mas sempre parece que conversamos na véspera. Nos despedimos com a promessa de nos vermos logo, aqui ou em outro lugar.

Charline me ligou durante a manhã. Estava no aeroporto, a caminho do aniversário de casamento de seus avós.

Uma hora depois, recebi um buquê com cinquenta rosas. Havia um cartão entre as flores.

“Feliz aniversário para a melhor mãe do mundo.
Te amamos.
Charline e Thomas.”

Minha amiga Leïla me ligou no fim da tarde.

– Estou pensando em ligar para você desde a manhã, mas minha filha me deixou com os dois pequenos, não consigo tempo nem para ir ao banheiro. Querida, tire os dedos do nariz de seu irmão!

A conversa foi breve. Sabíamos que logo nos veríamos, para nosso encontro anual, com os outros dois.

Eles também se lembraram de mim.

Frédéric me enviou uma mensagem para desejar as boas-vindas ao clube dos quinquagenários. Sophie, seu marido e os quatro filhos cantaram "Feliz aniversário" em várias línguas, por vídeo.

Minha operadora de celular e uma loja on-line que não conheço me ofereceram códigos promocionais.

Nora me deu cinquenta beijos.

Meu filho me ligou pouco antes da meia-noite, quando eu já desistira de esperar. Ele quase esqueceu, o dia foi cheio. Chegou bem à casa de seu pai. Beijos mil.

Quatro ligações, cinco mensagens e cinquenta beijos. Essa é a única diferença entre o dia de meu aniversário de 50 anos e todos os outros dias de minha vida.

46
LILI

Aconteceu uma coisa engraçada. Eu estava no carro, a caminho da maternidade, o rádio tocava um velho hit do U2, as nuvens formavam ovelhas, o dia estava agradável, eu dirigia de janela aberta. Parei num sinal vermelho, pensei em você, senti seu cheiro, sua pele macia, seu corpinho quente aconchegado ao meu e fui invadida por uma súbita felicidade. Por alguns segundos, não havia mais nada, nem angústia, nem cansaço, nem dor, apenas o intenso e profundo bem-estar de pensar em você. Foi fugaz, mas promissor. O pior havia passado, podíamos começar o melhor.

Meu coração pulava no peito enquanto eu percorria o corredor. Como todas as manhãs, cumprimentei distraidamente as pessoas por quem passava. Alguns precisam de um café para poder começar o dia. Eu preciso de você.

Sua noite tinha sido boa. Estelle se preparava para alimentá-la com a ajuda da sonda gástrica. Eu não havia tirado meu leite, aproveitamos. Você se agarrou a meu seio por quase três minutos, chegou a deglutir por duas vezes. Foi mágico. Ainda posso ouvir o barulhinho de sua boca sobre minha pele. Como é bom ser mãe.

Seu avô (meu pai) chegou pouco depois. Ele sempre cochicha quando vem ver você. Na última vez, acompanhei-o até o estacionamento e ele só voltou a falar em voz alta quando entrou no carro.

– Tenho um presente – ele disse, estendendo-me um tubo de cartolina.

– Para ela ou para mim?

– Para as duas.

Abri o tubo, ele continha um pôster. Era uma ampliação de uma de minhas fotos preferidas: a vista da janela do apartamento de Biarritz.

– Você disse que não aguentava mais todo esse cinza, então…

Ele tirou uma fita adesiva do bolso e colou o pôster no vidro. Incrível. A fotografia, é claro, mas sobretudo ter um pai que manifestava seu amor em pequenos detalhes.

– Valentin mandou um beijo – ele disse, para mudar de assunto.

– Quem?

– Valentin, seu irmão!

– Eu sei quem é Valentin, pai! Pensei que ele tivesse esquecido de minha existência.

Ele se sentou, suspirando:

– Ele se sente estranho com tudo isso, você sabe. Não fique zangada. Ele me liga com frequência para saber da pequena.

Não respondi, conheço o apego de seu avô pela unidade familiar. Quando Valentin e eu brigávamos, na infância, ele se fazia conciliador, não suportava que ficássemos de mal. Sua própria família se dividira após a morte de sua mãe, uma de suas maiores mágoas.

Mas era aquilo que eu pensava. Desde que você nasceu, não recebi nenhuma visita e nenhuma ligação de meu irmão mais novo. Não fico surpresa, mas triste. Conheço a fobia de seu tio por corredores brancos, mas teria apreciado um esforço da parte dele. Dizem que é impossível sentir a dor dos outros. É verdade. Seria maravilhoso se pudéssemos confiá-la momentaneamente a outra pessoa, para respirar fundo, ou compartilhá-la em pedacinhos a nosso redor. Cada apoio, cada presença, seriam uma muleta sobre a qual poderíamos nos apoiar ao cambalear. Meu irmão e eu tivemos isso. Durante nosso período mais sombrio, a tristeza soprava tão forte sobre nós que não conseguíamos nos reerguer. Foi somente quando nos apoiamos um no outro que pudemos enfrentar a tempestade. Quando eu caía, ele me levantava, quando ele desabava, eu o carregava. Sinto falta dele, neste temporal.

Ele não é o único que se faz notar pela ausência. Vários amigos desapareceram depois que você nasceu. É decepcionante, mas o importante é guardar as pessoas que se revelaram. A senhora Martineau, vizinha de seu avô, que não para de tricotar roupinhas para você. O doutor Malois, que me acompanhou ao longo da gravidez, trouxe você ao mundo e passa aqui regularmente, depois do trabalho, para saber notícias suas. O padeiro do bairro, que me envia bolinhos por intermédio de seu pai. Fanny, uma amiga de colégio que se tornou parteira aqui no hospital e vem me fazer companhia sempre que possível. Meus colegas de trabalho, que fizeram uma vaquinha para presentear você com uma roupinha, acompanhada de uma mensagem de apoio. Não conhecemos de fato as pessoas que nos cercam. Algumas fazem muito barulho para camuflar sua ausência. Outras, inesperadamente, nos atiram uma tábua de salvação quando soçobramos.

47
ÉLISE

Não quero sair da cama. Fazia no mínimo vinte anos que eu não fazia uma sesta. Édouard ronca ao pé da cama. É sábado, são quatro horas da tarde, e não tenho nenhum motivo para levantar. Se eu tivesse uma amiga como eu, logo a sacudiria. Não sou minha amiga.

O telefone vibra pela terceira vez. Pego-o sem forças, é Nora. Ela nunca me liga aos fins de semana.

– Élise, sinto muito, fiz uma grande besteira, preciso de sua ajuda.

– Algo que envolva transportar um cadáver? – pergunto, por via das dúvidas.

– Não exatamente. Pode vir aqui, por favor? O mais rápido que você puder.

Ela me passa o endereço, no bairro Saint-Michel, a vinte minutos de distância.

Não tomo banho, não escovo os dentes. Coloco uma calça de moletom, uma camiseta amassada, uma botinha e um blusão. Se alguém olhar para mim, ficará cego.

No caminho, enquanto Édouard ronca, tenho tempo para imaginar de tudo um pouco. Nora é discreta, só sei o que ela aceita compartilhar, isto é, pouca coisa. Ela mora sozinha desde que deixou o apartamento dos pais, no ano passado. Conheci um namorado dela, mas a relação não durou. O que poderia levá-la a me chamar, em vez de chamar os pais ou uma pessoa mais próxima? Preparo-me para todo tipo de coisa, e não me sinto tranquila ao estacionar o carro na frente de seu prédio.

Ela está na calçada, com uma mochila na mão. Ela entra no carro e me abraça.

– Tudo bem? – ela me pergunta, sorrindo.

– Nora, o que tem dentro dessa mochila?

Ela ri e a atira no banco de trás.

– Algumas coisas. Posso ficar com você?

Não ligo o carro. Quero saber.

– Qual foi a grande besteira?

– Inundei meu apartamento. Preciso sair. Posso ficar com você, só por uma noite?

Sua história não tem pé nem cabeça, mas não insisto. Giro a chave e dirijo, em sentido contrário.

Não sei por que meu cérebro às vezes não pega no tranco. Quando procuro a manteiga por cinco minutos, praguejando, e ela está na minha frente. Quando saio sem guarda-chuva e o céu está escuro. Quando perco o chão ao surpreender meu filho fumando, embora tenha encontrado um maço de cigarros em sua escrivaninha. Quando caio no choro ao me deparar com os amigos reunidos para meu aniversário, embora a desculpa utilizada para a surpresa seja inverossímil.

Estão todos ali. Na minha sala.

Charline e Harry. Thomas. Muriel. Mariam. Leïla e o marido, Mohamed. Frédéric e a mulher, Alice. Sophie, Alexis e os filhos. Sorrio constrangida, em minhas roupas de espantalho.

Nora comemora:

– Estou guardando esse segredo há meses, não aguentava mais!

Fico sabendo que, durante uma visita no início de julho, Charline pegara meu telefone para copiar os números de meus amigos. Ela planejara tudo, até a ligação de seu pai, para dissipar minhas dúvidas.

Abraço todo mundo, um por um. Demoradamente. Recarrego minhas baterias ao tocá-los.

Édouard não sai do colo do dono.

Trouxeram bebidas e petiscos. O suficiente para vários dias.

Não sentimos a passagem das horas. Nos sentamos em torno da mesa de centro, ouvindo as aventuras de um, rindo da história de outro. Ou ficamos em pequenos grupos, que se movimentam, misturam, formam e desmancham num lindo balé.

Meu apartamento, tão vazio ontem, hoje vibra com as pessoas que eu amo.

Meu coração, tão vazio ontem, vibra com as pessoas que amo.

Assopro as velas. Eles poderiam ter me poupado, escolhido um cinco e um zero, mas não. Cinquenta chamas tremeluzem, preciso de três tentativas, até que os vivas estouram.

Recebo um grande envelope. Dentro, um cartão onde cada um escreveu uma mensagem. Desde as primeiras linhas, minha vista se embaça. Eu não imaginava ser tão importante para eles. O pudor se apaga por escrito. Fecho o cartão e enxugo as lágrimas.

– Há outra coisa dentro dele – diz Thomas.

Outro envelope, menor. Uma passagem de ida e volta para Veneza, em duas semanas. Para uma pessoa.

Mariam pisca para mim.

– O hotel está reservado – me informa Charline.

Sonho com Veneza há muito tempo. Era um projeto, quando estava casada. Tornou-se um lamento, quando ele foi embora. Fico apavorada com a ideia de viajar sozinha, qualquer que seja o destino, mas mais ainda para Veneza. Desconfio que meus filhos não escolheram essa cidade por acaso. Eles sorriem para mim, acreditam em mim. Os papéis se inverteram. Quando eram pequenos e ficavam em dúvida, quando não se sentiam à altura de algo, eu os encorajava e tranquilizava. Sim, eles talvez fracassassem. Isso não era problema. O problema era se arrependerem. Eles não deviam deixar o medo decidir por eles. Eles seriam bons em algumas coisas, piores em outras, mas nada lhes era inacessível. Não importava que tivessem herdado meus joelhos tortos, meu falho senso de organização ou meus distúrbios do sono, desde que eu não lhes legasse a falta de confiança que desde sempre camuflei do jeito que podia. Era doloroso demais. Eu preferia inflar o ego deles a fazê-los acreditar que não seriam capazes de realizar o que quisessem.

Meu melhor presente está aqui. Na minha frente, sorrindo. Meus filhos, que têm confiança suficiente em si próprios para me emprestar um pouco.

48
LILI

Às três da tarde, o pai de Milo ainda não havia chegado. Nunca conheci alguém tão pontual, sempre confiro o relógio quando o ouço abrir a porta do leito vizinho, é invariavelmente uma hora da tarde. Ele nos explicou que a organização milimetricamente calculada de seu tempo era uma maneira de provar a si mesmo que ele ainda controlava alguma coisa, embora tudo ruísse a seu redor. De manhã, ele leva a mais velha para a escola e depois visita a mulher, ainda hospitalizada. Ele a deixa na hora do almoço e fica com Milo até as cinco da tarde, quando volta para casa para substituir sua mãe ao lado da filha.

Fiquei preocupada por não vê-lo chegar. Ontem, ele passou por uma etapa difícil: sua filha veio conhecer Milo. A psicóloga o ajudou a preparar esse momento importante. Ele havia pensado em amortecer o choque, avisando a filha de que o irmãozinho não seria exatamente como ela imaginava, que tubos e uma caixa de plástico a impediriam de pegá-lo no colo.

– As crianças não veem as coisas como nós – Eva lhe disse. – Se tentar explicar tudo antes, sua filha correrá o risco de ficar alarmada e ter uma reação exagerada. Aconselho-o a trazê-la sem dizer nada, ela fará perguntas se sentir necessidade.

Foi o que aconteceu, segundo a cena que ele nos narrou. A pequena Maëlle, de 5 anos, entrou no leito com todo o cuidado, seguida por um pai à beira das lágrimas. Ela se aproximou do irmãozinho, contemplou-o por um bom tempo com seu amplo sorriso desdentado. Acabou se virando para o pai e perguntando, na seguinte ordem, por que ele estava numa caixa, se podia tocá-lo, se ele viria logo brincar com ela em casa, por que ele tinha tubos, se eles podiam ir embora porque ela estava um pouco entediada.

Ele compartilhou conosco seu alívio, depois de duas noites sem dormir temendo aquele momento.

Torci para que aquele não fosse o motivo de sua ausência. Para que sua filha não tivesse, mais tarde, reagido mal à situação. Para que o estado de saúde de sua mulher não tivesse piorado.

Eram quase quatro horas da tarde quando ele chegou. Eu estava guardando as roupinhas limpas e ouvi soluços no leito vizinho. Soluços femininos. Fiquei com medo, corri até a porta e assisti à cena mais comovente que jamais vi: sob o olhar úmido de um pai, uma mãe encontrava o filho pela primeira vez.

49
ÉLISE

Um chute na tíbia põe um fim à minha noite. Muriel dorme a meu lado, com a boca bem aberta. Levanto-me e saio silenciosamente do quarto. Não ouço nenhum barulho, tampouco o silêncio habitual. Adoro esse silêncio, o das manhãs, quando meus filhos ainda dormem, a poucos metros de mim, em segurança, ao abrigo do mundo. Nesses momentos, espalha-se por minhas veias, por meus membros, por meu ventre, uma alegria intensa e uma serenidade profunda.

– Você ronca!

Muriel e sua gentileza vêm a meu encontro na cozinha. Como quando éramos adolescentes, no dia seguinte às primeiras festas, compartilhamos o café da manhã e as histórias da véspera.

A festa foi maravilhosa. Quando jovem, se eu imaginasse meu aniversário de 50 anos ideal, ele sem dúvida aconteceria numa sala bem grande, com várias dezenas de convidados, um DJ que nos faria dançar, um bufê que faria nossas papilas gustativas pular e a euforia seguiria até o amanhecer.

Não recebi várias dezenas de pessoas, não dançamos, comemos petiscos ainda semicongelados, mas foi ainda melhor. O extraordinário se esconde no ordinário.

Charline e Harry acordam perto das dez horas. Preciso esperar o meio-dia para ver Thomas, acordado por Édouard, que com grandes lambidas lhe indica a hora do passeio.

Ficamos no apartamento o dia todo. Harry prepara uma omelete, Muriel fala de sua vida nos Estados Unidos, rimos ao vê-la procurar as palavras em francês, Thomas não sai de perto do cachorro, Charline me abraça por qualquer coisa e eu tiro fotos, com o celular, com os olhos, para nunca mais esquecer aqueles momentos de pura alegria.

Às seis da tarde, todos se despediram. Muriel foi passar uma semana com a família antes de voltar para o sol de Los Angeles. Thomas pegou o trem para Paris. Charline tirou dois dias de folga para visitar o pai, a madrasta e os dois meios-irmãos, enquanto Harry voou para Londres. Várias vezes, enquanto eles estavam aqui, temi suas partidas e o retorno da solidão. No entanto, não consigo parar de sorrir. A felicidade de estar com eles nocauteou a saudade.

Isso não acontece com Édouard. Ele me segue por toda parte, sem distância de segurança, o olhar lacrimejante, orelhas caídas. Deve ter pensado que o dono voltara. Quando Thomas fechou a porta, ele ficou um bom tempo sentado na frente dela, esperando. Agacho-me e o acaricio:

– Não se preocupe, Édouard, logo você vai ganhar novos donos adoráveis.

Ele se aproxima de mim e coloca a cabeça sobre minha coxa. Sinto um nó na garganta. Em uma hora, sua nova família virá buscá-lo. Desde quinta-feira, eu tento me convencer de que é o melhor para ele. Porque, de minha parte, parei de resistir. Não sei como, mas esse cachorro conseguiu criar um lugar para si em meu coração. Embora eu o tivesse selado. Em seis anos morando juntos, sempre o achei simpático, mas, como nunca precisei cuidar dele, não havíamos desenvolvido um laço verdadeiro. De uma coisa eu tinha certeza: não seria com seus presentes malcheirosos e seu jeito de peixe-boi que ele penetraria minha caixa torácica. Mas não posso negar, gosto de ouvir seu ronco quando acordo, gosto de tê-lo comigo no carro, gosto de senti-lo a meus pés no trabalho.

Mas é nele que devo pensar. Ele não está feliz, embora esteja melhor desde que comecei a levá-lo comigo para todos os lados e a deixá-lo dormir em meu quarto. Isso não vai durar. A senhora Madinier não vai aceitá-lo por muito tempo. Embora não possa proibir sua presença, ela não deixa de compartilhar suas reflexões a todo momento. Sexta-feira, derrubou o pote de água de Édouard, supostamente sem querer.

Vai ser melhor para ele.

Ele merece um fim de vida feliz.

Levanto-me, está na hora de arrumar suas coisas. Pego a guia, a carteira de vacinação, a cama, os brinquedos e os potes. Encontro a primeira coleira que compramos para ele, ela me parece minúscula. Ele estava tão magro quando o adotamos. Recuperou-se bem, desde então. A bolinha que Thomas atirava para ele sem parar. Édouard corria atrás dela, como um raio, quase sempre fazendo a mesinha da entrada caïr. Como reclamei desse cachorro! No fundo de uma sacola, junto com as coleiras antigas e um frasco de xampu, encontro uma medalha prateada. A que ele usava quando o buscamos no abrigo, gravada com a sigla da SPA, a Sociedade Protetora dos Animais. Ele demorou para se adaptar a nós. Nos primeiros dias, ficava sentado na entrada, perto da porta, em alerta. Ele se encolhia todo assim que nos aproximávamos. Só com todo o carinho de Thomas, e muitos biscoitos, para conseguirmos conquistá-lo.

Um gemido interrompe meus pensamentos. Viro-me, Édouard me encara, trêmulo. Ele entendeu.

De repente, tomo consciência da situação. A outra família será mais presente, mais disponível, talvez mais carinhosa. Mas não será a sua família. Se eu entregar Édouard, mais uma vez o arrancarei de seu lar. Cortarei as raízes que ele lentamente deixou crescer a seu redor. Será que realmente se sentirá mais feliz em outro lugar, longe de suas referências?

Paro de pensar. Pego o celular, encontro o papel onde anotei o número e faço a ligação.

50
LILI

Passamos um bom dia. Seu pai tirou a tarde de folga para passá-la conosco, sua frequência respiratória e seu ritmo cardíaco permaneceram estáveis, você engolia melhor, sua madrinha e seu avô vieram visitá-la.

Saímos mais cedo que de costume. Seu pai me convidou para jantar em nosso restaurante preferido. Quase recusei, ainda sentia dificuldade de caminhar e não estava a fim de ver outras pessoas, mas entendi que era importante para ele.

Falamos de você, muito, de nosso casamento, um pouco. O *linguine con pesto e vongole* me tirou pequenos suspiros de prazer.

No caminho de volta, minha mão não soltou a de seu pai, nem mesmo quando ele trocava de marcha.

E então...

A casa estava em silêncio quando chegamos. Milou nos recebeu se esfregando em nossas pernas. A porta da sala, que seus avós usavam, estava fechada. Deviam estar dormindo. Fomos para o quarto na ponta dos pés, como adolescentes que se preparam para sair de casa escondidos. Estávamos quase chegando quando a voz de seu avô chegou até nós:

– Vocês poderiam ter avisado.

Seu pai deu meia-volta, preferi terminar o dia num astral positivo e segui em frente. Infelizmente, suas palavras chegaram até mim.

Seu avô: Sua mãe preparou o jantar para quatro.

Seu pai: Ah, sim, esqueci completamente de ligar! Sinto muito, não estava previsto.

Seu avô: Não somos objetos, sabe. Temos o direito de saber o que acontece nessa casa.

Seu pai: Sim, pai. Vou cuidar da próxima vez.

Seu avô: A pequena está bem? Vocês voltaram tarde, nós ficamos preocupados.

Seu pai: Tudo bem, fomos a um restaurante. O pior já passou.

Seu avô: Que bom, meu filho, vocês vão poder parar de superprotegê-la. As crianças logo adquirem maus hábitos.

Seu pai: Não se preocupe, pai, ela ainda é pequena.

Seu avô: Eu sei, mas passa rápido. É preciso tomar cuidado, para ela não ficar manhosa. Digo isso pelo seu bem, sabe. A pequena está sempre no colo da mãe, enfiam uma chupeta em sua boca sempre que chora, e sua mãe me disse que vocês vão colocar o berço no quarto de vocês. Não é razoável. Você é o pai, precisa se impor.

Fiquei petrificada, à espera da resposta de seu pai. Eu sabia que ele não aceitaria aquele sermão antiquado e sexista, torci para que conseguisse manter a calma. Na família de seu pai, eles falam alto e têm o sangue quente, as brigas se inflamam e apagam subitamente, sem deixar vestígios. Eles diziam coisas horríveis um na cara do outro e, um segundo depois, trocavam impressões sobre o gosto da torta de maçã. Eu não tinha energia para essas coisas naquele momento. Queria deitar abraçada a seu pai e adormecer, impaciente para rever você.

Seu pai: Já falamos sobre isso, pai.

Seu avô: Eu não tinha certeza de que você se lembrava.

Seu pai: Lembro. Falarei com Lili, mas você a conhece...

Parei de ouvir. Fiquei com medo do que poderia descobrir.

Quando seu pai veio até mim, eu disse que havia escutado a conversa. Ele ficou constrangido de eu ter testemunhado sua covardia. Não era a primeira vez que ele agia assim. Quando queria se poupar de uma briga, transformava-se num daqueles cachorrinhos de brinquedo que ficam dentro dos carros. Ele balançava a cabeça, concordava, aprovava, mas pensava o exato oposto. Foi o que aconteceu naquela noite, ele me garantiu. Estava do meu lado, mas, conhecendo a obstinação dos pais dele, argumentar seria uma perda de tempo. Ele se sentia mais à vontade deixando-os acreditar que concordava com eles. Azar se, para isso, precisasse me trair.

Nem escovei os dentes. Deitei na cama sem dizer nada, fechei os olhos e contei carneirinhos, em vez de meus batimentos cardíacos. Eles tinham o rosto de seus avós e de seu pai e pulavam para dentro de uma fogueira.

Bom dia, querido, é a mamãe. Édouard fica comigo. Beijos. Mãe
9h58

Sério?
Vai ficar com ele???
Fico tão feliz!
Você é a melhor, mãe!
Te amo <3
10h00

Sim!
Sim!!!
Que bom.
Eu sei.
Vou dar um jeito.
Beijo. Mãe.
10h08

51
ÉLISE

A senhora Madinier está com a cara dos dias ruins. Essa mulher é um gerador de *emojis*. Tem uma expressão diferente para cada emoção, é impressionante – e muito prático. Basta observá-la para saber a hora certa de pedir um aumento.

Hoje, ela tem as sobrancelhas em acento circunflexo, com um risco no meio, e o sorriso ao contrário. Tento passar despercebida, temo ser a causa de seu mau humor. Ela não demora para me dar essa certeza.

– Senhora Duchêne, por que seu cachorro ainda está aqui? A senhora disse que se livraria dele no fim de semana, se não me engano.

Olho para baixo da mesa, o tranquilo Édouard está deitado a meus pés. Ele não incomoda ninguém.

Ontem à noite, tive uma ideia. Lembrei que a sobrinha da senhora Di Francesco me deixara seu número de telefone, em caso de necessidade. Incomodei-a, claramente, mas só queria saber uma coisa: onde estava Apple, o *poodle* de sua tia? A resposta não me espantou: na Sociedade Protetora dos Animais. Ela não pudera ficar com ele – tinha fobia de cachorro – e sua irmã não o queria. Liguei para o abrigo, que estava fechando, domingo é o dia mais cheio, mas fui informada de que Apple continuava lá. Jaula B7. Eu só precisava convencer o adotante e seus filhos. Pensei que seria a parte mais difícil, mas não foi. Fui honesta, o homem me entendeu. Pouco depois, enviou-me uma mensagem para dizer que seus filhos haviam adorado a foto de Apple no site da SPA. Estavam com pressa de ir buscá-lo no dia seguinte.

Abri a boca para responder, mas a senhora Madinier não me deu tempo:

– Tivemos que aturar seus filhos por anos, agora o cachorro?

– Meus filhos?

– Não lembra de tê-los trazido para o trabalho? Eu não esqueci.

– Fiz isso apenas duas ou três vezes, quando a escola deles estava em greve!

– Foi o suficiente. É fácil ficar se queixando e exigindo os mesmos salários que os homens, deveria começar a se comportar como eles, para depois poder choramingar.

Ela não espera minha resposta e gira nos calcanhares. Olivier olha para mim com seu eterno sorriso de desdém nos lábios. Nora faz uma careta para as costas da senhora Madinier. Isso não é suficiente para me confortar. Levanto-me e sigo-a até seu gabinete. Ela se senta, de costas para mim.

– Com licença.

– Sim? – ela diz, sem se virar.

– Meu cachorro virá comigo todos os dias.

Ela se vira e mostra seu rosto irritado: bochechas vermelhas, lábios apertados e olhos esbugalhados.

– O quê?

– É meu direito, e ele não incomoda ninguém. A senhora não tem por que me impedir.

Quase vejo fumaça saindo de suas narinas.

– Acha que pode nos impor essa coisa?

– Com certeza. Preferi avisá-la, por cortesia, mas seus comentários não mudarão nada.

Volto para minha mesa antes que ela entre em combustão, sob o sorriso admirado de Nora. Sento-me e mergulho na leitura de um relatório, enquanto espero que minhas mãos parem de tremer. No reflexo da tela de meu computador, vejo a silhueta paralisada da senhora Madinier. Ela não emite nenhum som. Como para me agradecer, Édouard deita a cabeça em meus pés.

52
LILI

Em nossa primeira sessão, a psicóloga me convidou a participar de um grupo de apoio com outras mães, que acontecia uma vez por mês, sempre sobre o mesmo tema: a culpa.

Éramos uma dezena de mães, sentadas em círculo em sua sala. Entre elas, minhas companheiras da sala das famílias. A psicóloga era auxiliada por uma enfermeira em formação com cara de criança.

– Vamos começar com um exercício – Eva anunciou. – O papel que receberam é mágico: ele permite a vocês que falem consigo mesmas. Identifiquem as coisas que não gostam em si mesmas e escrevam-nas no papel usando o "você". Será uma brincadeira anônima.

Longos minutos depois, a psicóloga pegou nossas folhas e se isolou para lê-las. A mãe dos trigêmeos me lançava sorrisos constrangidos. O silêncio envolvia o grupo.

Quando voltou, Eva se sentou de frente para a enfermeira e começou:

"Você não soube proteger seu bebê.

Você deveria ter parado com as atividades físicas.

Você fumou durante a gravidez, bem feito.

Você só precisava parar de comer queijo, por nove meses, não é tão difícil.

Seu corpo é um caixão.

Você devia ter comido mais legumes, sabia disso, mas só pensou no próprio prazer.

Os outros conseguem, você é incapaz.

O bebê deve ter sentido seu estresse.

Se ele morrer, será culpa sua.

Você é uma péssima mãe."

Era insuportável. A enfermeira era metralhada com acusações de indizível violência. Quando a psicóloga concluiu seu ataque, todas estávamos atordoadas. Ela sorria. Por nossas caras, sabia que havia ganhado.

Ela nos perguntou o que estávamos sentindo. Fomos quase unânimes: pena da enfermeira e uma profunda sensação de injustiça diante da brutalidade dos ataques. Sentíamos vontade de defendê-la, de refutar cada investida, de consolá-la, de dizer-lhe que não era sua culpa, que ela fizera o melhor que pudera.

– No entanto, os ataques vêm de vocês mesmas – retomou Eva. – As palavras vêm de vocês. A brutalidade vem de vocês. Apenas li um pedaço de papel. Quando vocês são as vítimas, não ficam chocadas. Nunca poderiam ser tão violentas com outra pessoa como são consigo mesmas. Conseguem encontrar desculpas para os outros, mas não têm autopiedade. A culpa é uma violência contra si próprio. Todos tendemos a ser a pessoa mais severa do mundo com nós mesmos, embora devêssemos ser a mais gentil. Perdoem-se, senhoras. Ouçam a si mesmas. O que aconteceu não é culpa de vocês. Não. É. Culpa. De. Vocês.

Ela repetiu várias vezes a última frase, destacando bem cada palavra. Tentei absorver a lição, mas não totalmente.

Eu nunca quis parar de trabalhar. Minha gravidez estava ótima, apesar da grande intimidade com o banheiro no primeiro trimestre, minha barriga crescia sem que minha vida precisasse mudar. Seu pai se preocupava, a mãe dele dissera que o repouso era indispensável para o bom desenvolvimento do bebê. Ele pediu ao médico que me prescrevesse uma dispensa do trabalho, eu recusei. Eu trabalhava atrás de uma mesa, não precisava fazer nenhum esforço, não havia razão alguma para não esperar até o início da licença-maternidade.

Continuei a vida normalmente. Fazia compras, carregava os pacotes pesados, passava aspirador na casa e molhava as plantas. Eu não tinha consciência de sua fragilidade, meu amor. Por mais que me digam que isso não teria mudado nada, que mesmo que eu tivesse permanecido deitada o hematoma retroplacentário poderia ter se formado, eu me culpo enormemente.

Eva quis saber se tínhamos alguma pergunta. A mãe de Clément levantou a mão:

– Tenho uma. Gostaria que me explicasse uma coisa, preciso de seus conselhos. Durmo aqui todas as noites, na sala das famílias. O sofá é duro, mas é mais confortável do que minha culpa. Quando me afasto de meu filho, não consigo respirar, de tanto que ela me sufoca. Sei que nunca conseguirei me perdoar. Eu estava ao volante, numa quarta-feira...

A psicóloga interrompeu-a delicadamente:

– Você não precisa falar na frente de todas, sei que é difícil.

A mãe de Clément não pareceu ouvi-la. Continuou, de uma só vez, os olhos fixando as mãos:

– Chovia a cântaros, eu estava voltando do médico, a estrada estava cheia. Eu estava exausta. Estava grávida de seis meses e só queria uma coisa: chegar ao fim da gravidez. Não aguentava meu corpo, as dores, as náuseas, não aguentava mais sentir algo se mexendo em meu ventre, mas, acima de tudo, não aguentava mais aquele cansaço extremo. Eu não me reconhecia, estava sempre me arrastando, não sentia vontade de fazer nada, passava o tempo todo dormindo. Eu me tornara uma sombra, e sentia raiva disso. Sentia raiva do bebê, que sugava toda minha energia. Fechei os olhos por um segundo. Quando voltei a abri-los, estava no hospital, com a barriga vazia, meu filho entre a vida e a morte. O pai não me dirige mais a palavra. Então me diga: como fazer para se livrar da culpa, quando somos *realmente* culpadas?

53
ÉLISE

Noah dorme, com seu pequeno polvo na mão. Sento na poltrona e Florence coloca o bebê sobre mim. Seu cheiro é bom. Ele cheira a lembranças. Surpreendi-me pensando nele ao longo da semana. É estranho dar nosso afeto a uma pessoa que não conhecemos. Nunca saberei mais que seu nome, sua maneira de se agarrar a tudo que encontra, seus lábios vermelho-sangue. Um dia chegarei e ele não estará mais ali, e essa será uma boa notícia.

Por quatro horas, falo com ele sobre minha semana, minha surpresa de aniversário, a quase adoção de Édouard, que estará latindo enquanto o menciono, meu enfrentamento da senhora Madinier, meus músculos doloridos. Descrevo o mundo lá fora, tudo que o espera, cantarolo canções de ninar, conto histórias de coelhos que falam e de girafas que dançam. Os automatismos ressurgem, como se tivessem acontecido ontem.

Florence vem alimentá-lo, aproveito para ir à sala das famílias encher minha garrafinha de água. Passo pelas duas outras zonas, a rosa e a azul, cuidando para só olhar para frente e não invadir a privacidade das famílias. Uma voz familiar chega até mim, de um leito. Viro a cabeça, Jean-Louis está sentado com um bebê sobre o peito. Ele sorri ao me ver. Aproximo-me da porta:

– Olá – murmuro.

– Olá.

– É Lou?

Ele faz que sim em silêncio.

– Você parece cansada – ele acrescenta. – Tudo bem com você?

Desconcertada, começo a rir:

– Diz isso por causa de minhas olheiras?

– Sim.

Meu riso aumenta.

– Estou tão assustadora assim?

– Eu não chegaria a tanto, mas espero não cruzar com você à noite.

Estou quase me ofendendo quando percebo o brilho zombeteiro em seu olhar.

– Estou brincando. Mesmo no meio da noite seria uma alegria cruzar com você.

Agradeço por sua magnanimidade e me despeço. Jean-Louis é surpreendente, nunca conheci alguém como ele. Como as crianças, ele diz o que pensa sem papas na língua, mas sem maldade. É desestabilizador e surpreendentemente revigorante.

Florence está trocando Noah quando retorno.

– Ele gosta da sua companhia – ela me conta. – A senhora o acalma. O ritmo cardíaco dele nunca fica tão baixo como quando a senhora está aqui.

– Outras pessoas vêm vê-lo?

– Outra acarinhadora, na quinta-feira à noite.

– E seus pais?

– No domingo.

Não teço comentários. Tento não fazer julgamentos. Volto a sentar na poltrona, a enfermeira me entrega Noah, que imediatamente encontra seu lugar em meu peito, como se nunca tivesse saído dali. Quando dobro o braço para afastar meu colar, seus dedinhos se agarram a meu polegar. Fecho meus dedos e ficamos assim, de mãos dadas, coração contra coração, um reconfortando o outro.

Antes de sair, passo para falar com Florence na ilha central. Na última vez, a enfermeira mencionara a possibilidade de voluntariado duas vezes por semana. Comunico-lhe meu desejo de vir também aos sábados, ela me informa que falará com Hélène, mas que não deve haver nenhum problema.

Estou quase saindo quando, às minhas costas, ouço a voz de Jean-Louis:

– Poderia perguntar a mesma coisa para mim?

54
LILI

Em casa, voltei a abrir a porta de seu quarto. Levantei as persianas, o sol entrou. Seu pai usava um moletom furado, eu um macacão da adolescência, ligamos o rádio e começamos a trabalhar.

Você já viu paredes brancas o suficiente por uma vida inteira, precisa de cor. O pôster da praia de Biarritz nos inspirou.

Pouco a pouco, seu pai com o rolo, eu com os pincéis, as paredes brancas se tornaram azuis e peixes coloridos começaram a surgir. Todos eram idênticos, o único modelo que eu era capaz de desenhar, mas variei as cores. Em dado momento, num acesso de confiança, comecei a pintar um golfinho.

– Ele levou um golpe na cabeça? – zombou seu pai.

– Ele é diferente, coitado. Estou chocada que ouse zombar dele.

O golfinho acabou virando uma rocha, preferimos evitar que você precisasse de longos anos de terapia.

Depois montamos o berço, que colocamos ao lado de nossa cama, para os primeiros meses. Seus bichinhos de pelúcia a esperam com impaciência. E nós, nem queira saber.

Ainda estávamos com tinta nos dedos quando chegamos ao hospital. Em seu leito, encontramos a residente que fora horrível com a mãe de Clément. Você estava dormindo. Algo havia mudado, mas levei vários segundos para perceber. A máscara que cobria seu rosto desde o primeiro dia havia desaparecido.

– Ela não precisa mais do CPAP? – exclamei.

A residente ergueu um olho na nossa direção e respondeu que não.

– É definitivo? – quis saber seu pai.

Ela suspirou:

– Esperamos que sim, vamos ver.

Você estava livre. Respirava. Esperamos tanto por esse momento. Finalmente compartilhamos o mesmo ar. Mais um pouco e deixaremos esse parêntese para começar nossa vida. Seu pai pegou minha mão e apertou-a com força, quase quebrou meus dedos. Os pulmões de nossa filha funcionavam sozinhos, os meus se abriam plenamente. Os últimos fragmentos de minha angústia acabavam de se desintegrar. Sem grande surpresa, comecei a chorar.

Sem um olhar, sem uma palavra, a residente deixou o leito.

Seu pai escreveu "PARABÉNS, CAMPEÃ" no quadro branco. Ao lado, desenhou uma forma indefinida. Perguntei o que era.

– Não reconhece seu magnífico golfinho?

Estava orgulhoso de si.

Ficamos com você até o cansaço nos mandar para casa. A saturação e a frequência respiratória se mantiveram excelentes. A máscara era coisa do passado.

Foi muito difícil deixá-la. Por mais que eu saiba que está em boas mãos, não consigo evitar de me perguntar se não se sente sozinha, se percebe que não estamos por perto, o que acontece quando chora. Quero estar com você dia e noite, abrir os olhos e vê-la, ser acordada por seu choro, percorrer a casa ninando-a no colo, sentir seu corpo relaxando sobre o meu, ter o lixo cheio de fraldas sujas, seu cheiro no quarto, seu vômito no ombro. Quanto mais a saída se aproxima, mais a impaciência me atormenta.

Era uma hora da manhã quando chegamos em casa. Atravessamos a sala na ponta dos pés, seus avós dormiam. Tentamos abafar nossas risadas. A leveza estava de volta.

Fechei a porta do quarto o mais silenciosamente possível. Quando me virei, assisti a um espetáculo para o qual não estava preparada. Seu pai rebolava para uma música imaginária, tirando as roupas, uma por uma. Saiba que ele tem muitos talentos, mas a dança não é um deles. Suas pernas estavam dobradas, sua bacia parecia travada e seus braços faziam qualquer coisa. Ele parecia uma alga. Atirou o casaco na minha direção, derrubou a lâmpada com a camiseta e tentava tirar a calça jeans quando alguém bateu à porta. Não consegui abrir, estava rindo demais.

Ele saltitou, com as calças nos tornozelos, até a porta. Sua avó estava do outro lado. Tinha um olhar glacial, de dar medo.

– Estão zombando da nossa cara? – ela perguntou ao filho.

– Não, por que diz isso?

– Que dia é hoje?

Ele pensou bem e arregalou os olhos:

– Ah, merda! Feliz aniversário, mãe!

– Tarde demais, foi ontem. Preparei lasanha, desistimos de esperar às dez da noite.

Sentei-me na cama. Seus avós realizavam a façanha de acabar com minha aversão a confrontos. Fiquei revoltada com a infantilização e a culpabilização que nos impunham. Ela continuou:

– Seu pai falou com você na outra noite. Vocês poderiam ao menos avisar quando vão voltar tarde, é uma questão de respeito.

– Não tratar adultos como crianças também é uma questão de respeito.

A frase escapou de minha boca. Eu fui a primeira a ficar surpresa. Sua avó virou lentamente a cabeça em minha direção:

– Se me permite, Lili, estou falando com meu filho.

A alga estava paralisada. Eu, inflamada.

– E eu com você – respondi, sem subir o tom. – Recuso-me a sermos tratados como crianças. Vocês se impuseram em nossa casa, então precisam respeitar nosso modo de viver. Não tolerarei mais nenhuma observação. Voltaremos para casa quando decidirmos, nossa filha chupará chupeta, dormirá em nosso quarto, será carregada no colo até os 30 anos se ela quiser. Não precisamos da permissão de vocês. Se não gostarem, que se retirem.

Seu avô chegara. Estava escarlate. Sua avó parecia conter as lágrimas:

– Não pedimos muito. Colocamos nossa vida entre parênteses por vocês, cuidamos da casa, das refeições, das máquinas, do gato, tudo isso para que vocês pudessem cuidar tranquilamente de nossa neta. Poderiam demonstrar um mínimo de reconhecimento!

Ela fez uma longa pausa, depois retomou, com mais calma:

– Captamos a mensagem. Já que vocês são adultos, deixaremos que se virem sozinhos. Partiremos amanhã. Espero sinceramente que se saiam bem.

Seu avô estendeu-lhe um lenço, seu pai esboçou um leve sorriso. Eu estava exausta, mas profundamente aliviada. Pela primeira vez, não ficara sem reação. Expressara tudo o que tinha no coração, sem raiva, e o resultado fora acima de minhas expectativas. Seus avós haviam encarado os fatos e, finalmente, nos considerariam como adultos.

Eles começaram a voltar para a sala, mas sua avó ainda não estava satisfeita com o cessar-fogo. Deu meia-volta, inseriu uma bala na espingarda, mirou em mim e atirou bem na cabeça:

– Sinto muito que sua mãe tenha escolhido morrer, mas nós estamos bem vivos.

Boa noite, meu querido, é a mamãe. Li uma reportagem sobre a maconha, ela causa infertilidade. Beijos. Mãe.
22h01

E???
22h13

E couve-crespa faz bem para os olhos. Beijos. Mãe.
22h14

55
ÉLISE

A aula de dança africana se tornou um ritual. Participo cada vez mais. Há um mês, eu ainda estava aterrorizada com a ideia de ter que aprender a viver sozinha, algo que nunca fizera. Corri atrás do tempo por anos a fio e eis que ele se oferecia a mim, abundante. Mas eu não sabia o que fazer com ele. Com o passar dos dias, novos hábitos vieram substituir os antigos.

Não preparo mais o café da manhã de Thomas, saboreio o meu com calma antes de sair com Édouard.

Não como mais pão com chocolate com meu filho ao voltar do trabalho, tiro a maquiagem, visto uma roupa confortável e leio um pouco.

Uma vez por semana, danço.

Uma vez por semana, embalo bebês.

Às vezes ainda me sinto ociosa, mas aprecio esses novos encontros comigo mesma. Senti falta de mim.

Minha resistência melhora. Consigo emitir mais de duas palavras consecutivas ao fim da aula. Minhas pernas, em contrapartida, se recusam a cooperar. Parecem meu ex-marido e eu no dia da assinatura do divórcio.

Depois da aula, Mariam nos atrai para sua casa com a promessa de um *crumble* excepcional. Nora hesita, eu desconverso, mas acabamos aceitando dar uma chance a seus dotes culinários.

Não nos arrependemos. O *crumble* está à altura do risoto.

– É prático, já esfolia a garganta – constata Nora.

– Eu gostaria de dizer o mesmo – respondo, tentando pela terceira vez enfiar o garfo na massa sólida –, mas esqueci a britadeira em casa.

Mariam ri com vontade:

– Eu sabia que vocês gostariam.

– Por que insiste em cozinhar? – pergunta Nora. – Claramente não é seu principal talento.

– Porque gosto.

– É um bom motivo – admito. – Mas de onde tira essas receitas?

Ela volta a rir:

– Não sigo nenhuma receita. Crio, improviso! Sou uma artista.

Nora intervém:

– Ok, Picasso. Mas da próxima vez pode fazer uma simples massa?

Em poucos minutos, para satisfazer nossos estômagos castigados pela atividade física, enchemos a mesa de legumes, queijos e outros petiscos. O *crumble* acaba no lixo, junto com o prato, que se apegou a ele.

É tarde quando volto para casa, com um sorriso na alma. Espero que essas noites se tornem um hábito. Aquelas duas mulheres estão se tornando verdadeiras amigas. Mariam e seu descaramento, que encobre uma sensibilidade profunda, que não ama nada mais do que a liberdade, mas que se disciplina a dedicar suas segundas-feiras às mulheres vítimas de violência doméstica, as quintas-feiras aos bebês solitários e os domingos aos idosos. Nora e suas angústias cheias de humor, sua bondade, que ela atira como um bumerangue na esperança de que ele não se perca na volta, e sua necessidade irreprimível de devorar a vida, de engolir o momento presente.

Eu nunca as teria conhecido sem a partida de meus filhos. Nossos universos se cruzaram por acidente. Como uma ligação para um número errado, que revela uma voz não familiar. Meu pai sempre dizia que quando paramos de procurar é que encontramos. Eu não procurava por elas, então nos encontramos.

56

LILI

Minha mãe não era forte o suficiente para esse mundo.

Cada manhã era uma provação, cada noite um alívio.

Ela cresceu numa família que, de família, só tinha o nome. A mãe dela queria apenas dois filhos, o pai não queria evitá-los. Ela foi concebida por acidente, caçula de sete irmãos. Nasceu sem ser desejada. Ouviu isso a infância inteira.

Em suas raras fotos de criança, está sorrindo. Cedo entendeu que as lágrimas não adiantavam nada. Ninguém a consolaria.

Com todos aqueles irmãos, o importante era chamar a atenção. Ela tentou de tudo para despertar um sorriso, um gesto, uma palavra. Uma raiva, por que não.

Ela adorava os pais.

Como construir a si quando aqueles que menos nos amam são os que mais amamos?

Ela tinha 12 anos na primeira vez que tentou se matar. Os pais a visitaram no hospital. Ela havia encontrado uma maneira.

E recomeçou.

E recomeçou.

E recomeçou.

E recomeçou.

E recomeçou.

A morte era uma opção mais suave que a vida, mas não a queria. Nem morrer ela conseguia.

Ela não tinha amigos. Era uma menina um pouco estranha, com marcas nos antebraços.

Os irmãos saíram de casa uns depois dos outros.

Aos 17 anos, ela saiu por sua vez e se instalou perto de Bordeaux.

Tinha 18 anos quando conheceu seu avô. Trabalhava no balcão de um posto de gasolina. Ele a fazia rir. Era o que ela esperava da vida, já que não conseguia deixá-la: pequenas ilhas de alegria num mar de desespero.

Seus antebraços cicatrizaram.

Nunca notei que suas risadas soavam falsas. Com ela, a vida era uma festa. Ela dançava preparando a comida, cantava aos brados ao nos levar para a escola, colocava flores nos cabelos e pintava as pálpebras, fingia falar outra língua, improvisava uma partida de esconde-esconde durante os deveres de casa, transformava-se em cavalo para que subíssemos em suas costas, sabia exatamente onde suas cócegas eram eficazes, nos dava presentes sem razão, nos acordava ao nascer do sol para ver o céu rosado, desenhava um coração em nossas mãos para sabermos que pensava em nós, murmurava "eu te amo" todas as noites antes de fechar a porta do quarto.

Foram as últimas palavras que me disse.

Eu tinha 13 anos quando o céu caiu sobre minha cabeça, porque ela havia decidido visitá-lo. Nosso amor não foi suficiente para reparar o desamor dos pais dela.

Levei anos para entendê-la, para não culpá-la. Para conhecer a mulher sob a figura da mãe. Ela deixou um vazio enorme, mas o que me deixa mais triste é pensar que partiu pensando ser um acidente, embora fosse um presente.

Ela morreu há catorze anos e não se passa uma noite sem que eu adormeça murmurando "eu te amo" para minha grande ausência.

57
ÉLISE

– Por que você faz isso? Embalar bebês, quero dizer.

Jean-Louis me pergunta isso ao fim de minhas quatro horas com Noah. Ele me acompanhou até o carro, conversamos ao longo de todo o trajeto, mas eu não esperava abordar um assunto tão pessoal. No entanto, como se sua franqueza despertasse a minha, falei a verdade.

Primeiro, por eles. Expulsos de seu casulo quentinho e escuro para a luz crua e para o frio, privados dos braços de seus pais, cheios de tubos, ligados a aparelhos barulhentos. Dou-lhes um pouco de tempo, eles o convertem em calor, afeto e tranquilidade. Algumas horas transformadas em chances de desenvolvimento, a alquimia é boa.

Segundo, por mim. Tornando-me acarinhadora, não imaginei que entraria numa via de mão dupla. Tenho a satisfação de ajudar, claro. De fazer o bem. Mas não é só isso. O que sinto quando Noah está sobre mim é da ordem do mágico. A cada inspiração ele me deixa mais leve, a cada exalação ele me consola. Ele é a ponte entre meu ontem e meu amanhã. Ele suaviza o adeus àquela que não serei mais.

– Ajudando o outro, é também a mim que salvo.

Jean-Louis aperta os lábios:

– Por egoísmo, em suma.

Sua observação me ofende. Começo a recolocar a armadura quando ele acrescenta:

– Constato o mesmo em mim. Faço isso por eles, mas também por mim. Eu não queria ter filhos. Tive um pai que não poderia ser chamado de pai. Não éramos seus filhos, mas seus sacos de pancada. Meu irmão mais velho se tornou igual a ele, eu tive medo de seguir o mesmo caminho. Até os 30 anos, consegui não construir nenhuma relação íntima de verdade, mas acabei me apaixonando.

Ele vasculha o bolso, tira um maço de cigarros e acende um. Eu não sabia que ele fumava.

– Mylène queria absolutamente ter um filho – ele continua. – Eu percebia que era algo vital. Quando ela engravidou, pensei que conseguiria, mas o medo triunfou. Quanto mais sua barriga crescia, mais eu passava meu tempo no trabalho. Eu não estava a seu lado quando meu filho nasceu, e as coisas não melhoraram depois. Perdi tudo: seus primeiros dentes, seus primeiros passos, suas primeiras palavras. Ele tinha 7 anos quando ela me deixou. Foi a melhor coisa que fez para nós dois. Pedi a guarda compartilhada, assim não teria escolha, seria obrigado a passar tempo com ele, e foi realmente muito bom. Mas tudo o que eu perdera estava no passado. Acho que, de certo modo, me redimo com os filhos dos outros.

Minha armadura se despedaça no chão. Procuro o que dizer, não encontro, então balbucio uma banalidade:

– A generosidade sempre é um pouco egoísta.

Ele sorri:

– Que idiotice o que acaba de dizer.

Caio na gargalhada.

– Verdade. Você é sempre tão direto assim?

– Não. Faz uma hora que olho para o pedaço de alface em seu dente e não digo nada.

Sinto minhas bochechas em fogo. Instintivamente, fecho a boca e procuro a culpada com a língua. Levo vários segundos para perceber o riso em seus olhos.

– Está de brincadeira?

– Afirmativo! – ele responde orgulhosamente.

No trajeto de volta, penso no pequeno Noah. Seu cheiro ainda está em mim. Ele estava sem máscara, essa noite. Não devia mais precisar dela. Espero que seus pais logo possam niná-lo todos os dias.

Não faço a menor ideia do que o aguarda. Não conheço seus pais, não sei se receberá o amor necessário para crescer adequadamente. Não sei que tipo de menino será, que homem se tornará. Somos todos iguais, na linha de largada, é no caminho que nos diferenciamos. Uns terão calçados confortáveis, outros serão atrasados por uma mochila pesada demais. Uns terão um vento amigo nas costas, outros ficarão presos em tempestades violentas. Uns têm uma boa estrela, outros apenas nascem.

58
LILI

Seu pai pediu a seus avós que saíssem de nossa casa naquele mesmo instante.

Eles tentaram argumentar, ele os enfrentou com voz firme. Uma hora depois, seus avós haviam partido.

A noite foi cheia de sonhos. Num deles, você estava casada com um homem com cabeça de javali, vocês viviam num bloco cirúrgico e eu me instalava na casa de vocês para reorganizar os armários, apesar de minha cauda de sereia. Não sei que sogra serei. Não sei nem mesmo que mãe serei. Vou tentar deixá-la crescer sem obstáculos, deixá-la formar seu caráter sem tentar impor meus pontos de vista. Autorizá-la a ser uma pessoa, e não um prolongamento de mim mesma. Vou tentar não manipular, não desnaturalizar você. Respeitar seu livre-arbítrio. Vou tentar não roubar seus pensamentos, deixá-la viver a vida sem colocá-la numa bolha. Farei de tudo para nunca culpabilizar você. Falharei, sem dúvida. Pode ser que eu seja intrusiva, ansiosa, irritada, irritante, opressiva, opressora, insuficiente, excessiva, mas uma coisa prometo: farei o melhor que puder.

No almoço, o bom humor voltou à sala das famílias.

Os resultados da ressonância magnética de Milo foram encorajadores. As lesões cerebrais são sutis e, embora um prognóstico seja impossível, pode-se pensar numa deficiência cognitiva ou comportamental moderada, até mesmo leve.

Depois de várias noites difíceis, Clément dormiu tranquilamente.

Você se alimentou em meu seio. Por vários minutos, sugou com todas as forças, as mãozinhas agarradas em minha pele. Você conseguiu mamar, engolir e respirar ao mesmo tempo. Florence ficou emocionada. Ela vê esse tipo de progresso diariamente, mas é sempre uma primeira vez, acho que isso é o que mais me toca nela. Precisamos completar sua refeição com a sonda gástrica, e a fome ainda não acorda você, mas sei que falta pouco. Você não nasceu com todas as capacidades, mas adquire uma de cada vez, estou tão orgulhosa de você.

A melhor notícia veio da mãe dos trigêmeos. Mais uma noite, e Inès e Lina irão para casa. Sohan logo as seguirá.

Decidimos comemorar todas essas boas notícias.

Marcamos um encontro para as nove da noite na sala das famílias. A mãe dos trigêmeos passou a tarde preparando um *tagine* tão delicioso que pensei que eu nunca conseguiria parar de comer. O marido dela também veio. Geralmente, ele só vem aos fins de semana. Eles vivem a mais de uma hora de distância, ela está hospedada na casa de uma tia, ele não pode se ausentar durante a semana. Desde que descobriram que teriam três filhos, ele trabalhava em dois empregos. A mãe de Milo foi autorizada a deixar o setor dela para ficar no nosso. Ela chega caminhando, nos braços do marido radiante. Seu pai trouxe bebidas e biscoitos. A mãe de Clément veio sozinha, e parece que isso não vai mudar. Desde o nascimento do filho, ela organizou sua vida na maternidade. Ela dorme na sala das famílias, toma banho num quarto livre do hospital, com a cumplicidade das enfermeiras, que também dão um jeito de reservar-lhe um prato a cada refeição. Ela só volta para casa quando precisa de roupas novas. Como hoje de manhã. Encontrou o apartamento excepcionalmente bem-arrumado. A pilha de sapatos na entrada havia desaparecido, bem como a de livros no aparador. Ao abrir o guarda-roupa, ela entendeu. Ele fora embora. Numa mensagem de dez linhas, deixada em cima da mesa da sala, ele tentava se justificar. Não conseguia perdoá-la. Não conseguia ter um filho com deficiência. Não o reconhecia. Ela disse que ficou aliviada, que seu filho dispensava um pai covarde, mas seu olhar gritava o contrário.

Por algumas horas, as paredes do setor de neonatologia desaparecem. Somos um grupo de amigos reunidos em torno de uma boa refeição. As risadas se multiplicam, as confidências brotam, aprendemos a nos conhecer, com a sensação de que nos conhecemos desde sempre.

A mãe dos trigêmeos não para de nos abraçar. Para ela, o toque é fundamental. A mãe de Clément parece não suportar aquilo, se contrai a cada contato, esperando desencorajar a outra, mas provocando o efeito contrário.

Assim que um prato se esvazia, ela se apressa a enchê-lo. Quando abre os três potes de bolo, caímos na gargalhada. Alto demais. Uma mulher vestida de azul da cabeça aos pés abre a porta com força. Sem o jaleco, levo alguns segundos para reconhecer a residente desagradável.

– Onde vocês pensam que estão?

Todos se calam.

– Perdão, não nos demos conta – murmura a mãe de Clément.

Não é suficiente.

– Temos bebês dormindo aqui, caso tenham esquecido.

Tento argumentar:

– Sentimos muito, pensamos que, aqui no fim do corredor, ninguém nos ouviria.

– Pois se enganaram. Vocês estão num hospital, não num bar. Está na hora de voltarem para suas casas.

Florence chega em nosso socorro, explica que temos boas notícias a comemorar, que pedimos autorização. O rosto da residente fica da cor de seu traje.

– Não estamos num lugar de celebração, se tivessem falado comigo, eu nunca teria dado meu consentimento. Arrumem tudo antes de sair, obrigada.

Ninguém abre a boca. Tenho a impressão de ser uma garotinha pega em flagrante. Começamos a limpar a mesa, sob seu olhar impassível. A mãe dos trigêmeos fica espantosamente silenciosa. Quando intervém, entendo que estava preparando sua réplica:

– Enfim. Pensei que a Smurfete fosse mais simpática.

Houve um momento de hesitação, depois tentativas desesperadas de manter a seriedade, mas é quando deve ser ocultado que o riso se torna mais forte. A gargalhada é intensa, interminável, boa demais. Fico com dor de barriga. Nem Florence consegue se conter.

A Smurfete vai embora com o aviso de que temos dez minutos para sair. A mãe dos trigêmeos se autoriza a dar um abraço em Florence. Afasto-me para lavar os pratos, observando a cena, e sinto um nó na garganta. Mãe dos trigêmeos. Mãe de Clément. Pai de Milo. Percebo que nossa situação em comum agiu como um catalisador. Nós nos entendemos, falamos a mesma língua. Partilhamos um dos momentos mais intensos de nossas vidas. Conhecemos uns aos outros no ápice da vulnerabilidade. Completamente despidos. As atitudes, as conveniências e as camuflagens ficaram na porta do setor de neonatologia. Nós nos conhecemos em nossos piores dias, nossas fragilidades se encaixaram. O fim de nossa estada se aproxima e eu não teria acreditado se alguém tivesse me dito isso, mas vou ficar com saudade.

Boa tarde, minha querida, é a mamãe. Para a transpiração, bicarbonato de sódio é muito eficaz e natural. Beijos. Mãe.
13h38

Hmm… Não sei direito o que dizer.
14h06

É pro seu bem, minha querida. Desodorantes provocam câncer de mama. Beijos. Mãe.
14h15

Ok. Obrigada. No Natal, compro um anti-idade orgânico pra você. Beijos, mãezinha!
14h56

59
ÉLISE

Acordei hoje com uma sensação desagradável. Alguma coisa não está normal.

Desde que comecei a deixar a porta do quarto aberta durante a noite, para tranquilizar Édouard, ele adquiriu um novo hábito. Quando pego no sono, ele está confortavelmente deitado aos pés da cama; quando acordo, está confortavelmente deitado a meu lado. Imagino o que acontece entre os dois: ele me observa, esperando pacientemente eu cair no sono, sobe o mais discretamente possível na cama, depois avança, centímetro por centímetro, até chegar ao lugar mais próximo de mim. Com o focinho a poucos centímetros de meu nariz. Se ele pudesse, me serviria de cachecol.

Finjo que vou repreendê-lo, mas a cada despertar fico quase feliz de sentir seu hálito submarino.

Hoje, estou sozinha na cama. Levanto, o quarto está vazio. Chamo Édouard, ele deveria chegar rapidamente, mas nada. Fico preocupada e vou à cozinha, e o que vejo não me tranquiliza. Édouard está deitado de lado, no chão, com os olhos abertos, a respiração entrecortada, cheio de baba. Vomitou várias vezes.

Não perco um minuto. Carrego-o até o carro e dirijo-me à clínica veterinária. Deitado no banco da frente, ele não se move o trajeto todo.

Nem a presença de seus congêneres na sala de espera desperta alguma reação. A secretária me diz que passaremos primeiro, assim que o doutor terminar a consulta em andamento.

A espera é insuportável. É a primeira vez que Édouard fica doente. Costumo esquecer sua idade, pois está sempre em forma. Não estou preparada para ficar sem ele. Acabo de encontrá-lo de verdade.

Deitado sobre minhas coxas, Édouard respira com dificuldade. Às vezes, seu corpo inteiro estremece. Não paro de acariciá-lo, de falar baixinho com ele. *Vai dar tudo certo, grandão.*

O veterinário não é muito loquaz. Ele examina Édouard, apalpa seu ventre, abre sua boca, tira sua temperatura e acaba solicitando uma ultrassonografia. O que quiser, doutor.

– Ele comeu algo diferente? – ele pergunta.

– Não que eu saiba.

Ele me deixa no consultório e leva Édouard para a sala de radiologia. Assim que fecha a porta, minhas lágrimas escorrem. Meu telefone toca, não o tiro da bolsa. Pela primeira vez em muito tempo, preciso ficar sozinha.

O veterinário volta depois de vinte minutos, com Édouard no colo. Enxugo as bochechas e o pego no meu. Ele coloca algumas imagens à minha frente e, com a ponta da caneta, me mostra várias regiões.

– Aqui a senhora vê os intestinos – ele diz.

Balanço a cabeça com ar entendido, mas aquela poderia muito bem ser a colonoscopia de minha avó.

– Essas pequenas manchas são fragmentos sólidos, sem dúvida plásticos. Tem alguma ideia do que poderia ser?

– Não, realmente, não... ah, merda. Meu chaveiro. Não o encontro há alguns dias.

– É possível, de fato. Vários pedaços estão presos. A notícia boa é que estão na parte baixa do intestino. Vamos colocá-lo no soro, para reidratá-lo, e administrar um medicamento, talvez seja suficiente para curá-lo. Se não der certo, teremos que operá-lo.

Aperto Édouard um pouco mais forte:

– Vai dar tudo certo?

– Deve dar. Ele está em boas mãos.

No trajeto até o trabalho, tento varrer para longe as últimas cenas. Quando o veterinário prendeu Édouard numa gaiola, vi o medo em seu olhar. Pedi autorização para visitá-lo, o médico não fez nenhuma objeção. Prometi a meu cachorro que passaria no fim do dia.

Liguei para a senhora Madinier pela manhã, para avisá-la de meu atraso. Quando entro no escritório, ela sabe que a ausência de Édouard não é um bom sinal. Eu esperava que guardasse para si as observações amargas. Mas é mais forte que ela:

– Fico feliz em vê-la, Élise. Sem seu monstro.

Tento me conter. Mas, diante de sua cara de satisfação, sinto a raiva empurrando as palavras para fora de minha boca:

– Também fico feliz em vê-la, senhora Madinier. Sem sua delicadeza.

60
LILI

Eu havia dito que não. Mas de tanto mencioná-la, a cada sessão, a psicóloga me convenceu a marcar uma hora com a esteticista.

Quase cancelei o horário umas dez vezes.

Primeiro porque era uma perda de tempo. Sempre cuidei de mim, mas, desde que você nasceu, meu corpo é terra arrasada. Sou rápida para privilegiar os momentos com você: tomo banho às pressas, mais por respeito aos demais do que por vontade própria, visto o que me cai nas mãos, desde que seja confortável, minha pele se transforma num papiro e eu poderia fazer um permanente nas axilas.

Segundo, porque meu corpo todo dói. Tenho os seios em carne viva, minha barriga realiza a façanha de estar hipersensível e insensível ao mesmo tempo, não consigo tocá-la nem no banho, e só consigo me sentar de lado, pois algumas veias decidiram se dilatar no lugar errado.

Por fim, porque não me reconciliei com meu corpo, embora esteja tentando.

Fico tensa só de ouvir que alguém possa tocá-lo. Seu pai tentou, uma noite. Ficou com a canela doendo.

A esteticista se chamava Selena, era delicada como um tapete berbere. Ela me fez três perguntas e me convidou a tirar a camiseta e a me deitar. Obedeci, perguntando-me o que estava fazendo ali. Fiquei espantada de não precisar tirar a roupa toda, mas não comentei nada com ela.

Ela preparou seus apetrechos em silêncio. Uma música suave começou a tocar, a cortina foi quase totalmente fechada, deixando entrar apenas alguns fios de luz. Eu olhava para o teto.

– Inspire, depois expire profundamente.

Ela me fez recomeçar três vezes. Nas duas primeiras, resisti. Na terceira, senti meu corpo imperceptivelmente mais relaxado.

Ela começou pelo rosto. Acariciou a pele com um algodão molhado, não foi muito desagradável. Ela me perguntou como você se chamava. Murmurei seu nome, esperando que ficasse quieta. Ela aqueceu um pouco de óleo nas mãos e massageou meu rosto com delicadeza. Fez perguntas sobre sua saúde. Respondi com uma sílaba e fechei os olhos. Seus dedos tocaram minhas bochechas. Ela quis saber se você era minha primeira filha. Balancei a cabeça. Ela ficou alguns minutos sem falar. Suas mãos massageavam meus ombros, subiam pelo pescoço, acariciavam meu queixo, minhas bochechas, meu nariz, minha testa, meu crânio, depois recomeçavam.

Ombros, pescoço, queixo, bochechas, nariz, testa, crânio.

Minha respiração se tornou mais profunda.

Ombros, pescoço, queixo, bochechas, nariz, testa, crânio.

Minhas costas afundaram no colchão.

Ombros, pescoço, queixo, bochechas, nariz, testa, crânio.

Minhas pernas relaxaram.

Ombros, pescoço, queixo, bochechas, nariz, testa, crânio.

Meus punhos se abriram.

Ombros, pescoço, queixo, bochechas, nariz, testa, crânio.

Minhas lágrimas correram.

Ombros, pescoço, queixo, bochechas, nariz, testa, crânio.

Contei-lhe tudo. A visita ao obstetra. O sangue. O alerta vermelho. O bloco cirúrgico. A espera. A angústia. Os tubos. A máscara. A incerteza. Os progressos. A esperança.

Ela me ouviu com atenção, sem nunca interromper o balé de suas mãos, pontuando meu relato com perguntas ou observações.

Quando acabou, deixou eu me recompor com calma. Levantei-me, minha cabeça girava. Eu não me sentia tão serena há muito tempo.

– Pensei que massagearia meu corpo – eu disse.

– Sei que o corpo das mães recentes está mortificado.

Assenti. Fiz confidências a uma desconhecida pelo simples contato de seus dedos em meu rosto. Se tivesse tocado no resto, imagino que ela teria ido embora com a senha de meu cartão de crédito.

61
ÉLISE

No hall de entrada de meu prédio, acima das caixas de correio, o senhor Lapin está afixando uma mensagem. Impossível não vê-la, toda em maiúsculas gritantes:

“PARE COM AS CENOURAS
OU SEREI OBRIGADO A TOMAR
AS MEDIDAS NECESSÁRIAS”

– A senhora sabe quem é? – ele me pergunta logo quando chego do trabalho.

– Boa tarde, senhor Lapin.

– Sim, sim – ele se irrita. – A senhora sabe quem é o culpado?

Faço minha cara mais inocente:

– O culpado de quê?

– Ora, a senhora sabe! De colocar cenouras em nossa caixa de correio! Pensamos que teríamos paz, agora que a velha italiana foi embora, mas algum espertinho tomou seu lugar. Ela ao menos colocava em rodelas. Agora, são cenouras raladas. É inadmissível.

Concordo com veemência e prometo comunicar-lhe qualquer descoberta.

Não sei por que continuo. Foi divertido fazer uma homenagem à senhora Di Francesco, mas uma vez deveria ter sido suficiente. No entanto, todos os dias considero uma questão de honra fazer o senhor Lapin receber seus legumes. Ele é o único a se beneficiar de minha generosidade. Que ingrato.

O responsável pela administradora do condomínio chega, seguido pela sobrinha da senhora Di Francesco. Amanhã seu apartamento será esvaziado, eles nos informam. Uma mãe com dois filhos tomará seu lugar na outra semana, depois que as obras de manutenção acabarem. Ela morou aqui por 35 anos, me comunica a sobrinha. Mudou-se depois da morte do primeiro marido, junto com o filho de 20 anos. Ele morreu três anos depois, de meningite. Ela nunca mais foi a mesma. Acabou encontrando o amor aos 70 anos, mas este só durou sete anos. Ela também o perdeu, junto com um pedaço de sua mente.

Meus pensamentos se embaralham enquanto subo as escadas.

Não conhecemos as pessoas que vivem a poucos metros de nós. Nossas vidas estão compartimentadas. Eu não conhecia os dramas da senhora Di Francesco. Conheci a vizinha rabugenta, amalucada depois da morte do marido, desconhecia a mulher, a mãe.

Sinto uma necessidade visceral de abraçar meus filhos. Ligarei para eles assim que entrar no apartamento. Falarei de meu cotidiano, como na época em que o compartilhava com eles. Falarei da senhora Madinier, que não me dirige mais a palavra, e é melhor assim. Darei notícias de Édouard. Ele estava bem hoje à noite. Pude passear com ele. O veterinário acredita que não precisará ser operado.

Empurro a porta do quarto andar. O corredor está iluminado. Tiro a chave da bolsa e levo um susto. Não vou precisar ligar para Charline. Sentada à frente da porta, com uma mala a seu lado, ela me sorri entre lágrimas:

– Oi, mãezinha. Você tem um lugarzinho para mim?

62
LILI

Um mês de você.

Um mês que você é a primeira pessoa em que penso ao acordar.

Um mês que você é a última pessoa em que penso ao dormir.

Um mês que o nevoeiro se desfez.

Um mês que a amo desde sempre.

THOMAS

Bom dia, meu querido, é a mamãe. Como vão as coisas? Beijos. Mãe.
9h29

Oi, querido, tudo bem? Beijos. Mãe.
14h31

Querido, pode me ligar quando receber essa mensagem? Beijos. Mãe.
18h22

Seu pai e eu vamos nos casar de novo
21h58

O quê??!!!!!
21h56

Não, mentira. Mas fico mais tranquila, você está vivo e seu celular também. Beijos. Mãe.
21h57

63
ÉLISE

O pequeno Noah voltou para casa. Eu não estava esperando por isso, me alegro por ele e por seus pais. Mas quando Florence me contou, senti um aperto no coração.

A pequena de que cuido hoje se chama Mia. Ela sofre de doença da membrana hialina por causa de um nascimento prematuro. Está quase voltando para casa, ainda precisa aprender a se alimentar sozinha. Sua mãe vem durante o dia, lembro-me de ter cruzado com ela durante o treinamento. Seu ar inquieto me marcou. À noite, quando seus pais vão embora, a pequena chora bastante. Então faço a ponte.

Em meu colo, ela se acalma. Acaricio seus cabelos castanhos cantando uma canção de ninar. Ela me encara com seus olhos escuros. Ela me lembra Charline bebê. Seus olhos sempre procuravam os meus. Não vejo a hora de revê-la, à noite.

Ela não entrou em detalhes. Deixou Harry depois de uma briga. Está arrasada, o jantar na frente da televisão que preparei ontem à noite não adiantou nada. *Simplesmente amor* também não, mas talvez não tenha sido a melhor escolha.

Ela se deitou comigo em meu quarto. Acariciei seus longos cachos castanhos, seus soluços acabaram parando e ela caiu no sono. Saí do quarto e dormi no dela. Dormir na mesma cama tem menos encanto quando o bebê tem um metro e sessenta e oito.

Jean-Louis está pegando suas coisas quando entro no vestiário. Tem o rosto fechado. Ele me diz que a pequena Lou, de quem cuida desde o início, foi transferida para outro setor. Uma infecção piorou seu estado.

– Sei que não devemos nos apegar, mas é difícil.

– É impossível não se envolver.

– Sim. A enfermeira me disse que eu não aguentaria muito tempo se levasse as coisas para o lado pessoal. Foi a primeira vez que encontrei uma enfermeira tão fria. Deve ter caído aqui por acaso, não por vocação. Respondi que ela deveria cuidar de plantas.

Fecho a porta de meu escaninho e olho para ele:

– Você não disse isso para ela, disse?

– Claro que disse.

Não falamos mais nada até o estacionamento. Não sei o que pensar desse homem, de sua aspereza. Como num ritual implícito, ele me acompanha até o carro.

– Vim de bonde – ele diz.

Sentei-me e coloquei o cinto. Ele se mantém a meu lado. Olha para o horizonte, o ar preocupado.

– Sabe, não sou assim desde sempre – declara de repente. – Antes, guardava tudo para mim mesmo, era incapaz de dizer as coisas, positivas ou negativas. Fui criado numa família de silenciosos.

– Até que se saiu bem! – digo, rindo.

Ele sorri:

– Tive uma leucemia. O prognóstico não era bom, fui um dos raros a tirar a sorte grande. Todos os que estavam comigo no mesmo setor morreram. Quando a morte nos encara, as prioridades mudam e algumas coisas se tornam urgentes. Eu não queria morrer sem dizer a meu filho que o amava. Faz cinco anos que estou em remissão, mas a sensação permaneceu. Sempre digo o que penso. A vida é curta demais para desvios.

– Você sabe que pode ser desestabilizador?

– Sei, mas nunca tento machucar ou agradar. Apenas ser eu mesmo. Minhas palavras devem ser consideradas por si próprias, não há nada escondido nas entrelinhas.

Sua confiança me comove. Como Mariam e Nora, ele é diferente de todas as pessoas que conheci até então. Se não fôssemos voluntários na mesma associação, sem dúvida nunca teria dirigido a palavra a ele. Abro-me a outros mundos, desperto para outras vidas. Meu equilíbrio oscila e, em vez de tentar me estabilizar, avanço no desconhecido.

– Quer uma carona?

Ele não finge surpresa, não recusa por convenção. Dá a volta no carro, senta no banco do passageiro e, enquanto acelero, diz:

– Eu não saberia dizer por quê, porque você não é a pessoa mais calorosa que conheço, mas adoro passar o tempo a seu lado.

64
LILI

Estelle me anunciou que estava de partida.

Ela passou em cada leito para se despedir de todos os pais e fazer um último carinho nos bebês que ajudara a viver.

Sob a bata, eu não vira sua barriga crescer.

– Estou com 25 semanas – ela me explicou. – Começamos a cuidar dos recém-nascidos a partir dessa época. Já é difícil não se envolver emocionalmente, isso se torna impossível quando estamos grávidas. Pedi transferência para outro setor até minha licença-maternidade. Consegui.

Fiquei feliz por ela, mas triste por nós. Agradeci-lhe com os olhos, porque minha voz não saía. Ela prometeu tentar voltar para nos dar um alô assim que pudesse, mas sabíamos que aquela não passava de uma promessa educada.

Um dia vou contar a você sobre a doçura de Estelle, sua maneira de cantar as frases, sua empatia, sua paciência e sua sensibilidade. Um dia falarei dessa mulher que ajudava os bebês a respirar, e os pais também.

Não ousei abraçá-la, isso não se faz, mas depois me arrependi de não fazer o que não se faz.

Ela saiu discretamente. Vi-a atravessar o corredor, empurrar a porta e desaparecer. Sem a bata, parecia uma pessoa normal. Uma heroína sem capa.

Consolei-me com os bolinhos da mãe dos trigêmeos.

– Não é possível, você precisa abrir um restaurante! – articulei, de boca cheia. – Senão, vou ser obrigada a visitá-la todos os dias.

– Se estiver disposta a pegar a estrada por uma hora, será bem-vinda.

Faltavam quarenta minutos para suas filhas serem liberadas. Ela só conseguia pensar positivo:

– Vamos ficar apertados, na sala de minha tia, mas Sohan logo chegará e poderemos voltar para casa. Não vejo a hora!

A mãe de Clément perguntou:

– Não fica com medo de se ver com três bebês de uma vez só?

A mãe dos trigêmeos dispensou a pergunta com uma gargalhada:

– Confesso que, quando me disseram que eram três, quase sugeri que continuassem sem mim. Eu só via o lado negativo da coisa: nosso apartamento era pequeno demais, precisaríamos trocar de carro. Com nosso orçamento, seria difícil. E como eu faria para amamentar, se só tenho dois seios? E quando os três chorassem ao mesmo tempo? Eu tinha pesadelos sobre o parto, que seria uma carnificina. No terceiro mês, quando me disseram que corria um sério risco de perdê-los, percebi que já os amava mais que tudo. Vai ser difícil pagar as contas, vamos viver um pouco apertados, eles sem dúvida vão me criticar um dia por não ter enxertado um terceiro seio, minha vagina está mais larga que o túnel do Canal da Mancha, mas nunca me senti tão feliz. Vocês sabem por quanto tempo tentamos engravidar?

– Não – respondeu o pai de Milo, pegando um bolinho.

– Oito anos. Nos três primeiros, não nos preocupamos muito, éramos jovens, um dia aconteceria. Mas tivemos que aceitar os fatos. Ou estávamos fazendo errado, ou havia algum problema. Os exames confirmaram que seria difícil, quase impossível. Eu já tinha ouvido falar de infertilidade, mas só nos interessamos por esse tipo de coisa quando ela nos afeta. Agora sei que ter um filho pode ser uma corrida de obstáculos. Levei tantas injeções e tirei sangue tantas vezes que, quando ventava, meu corpo quase saía voando. Sem falar dos hormônios, eu não era mais eu mesma, ficava exausta, passava do riso às lágrimas e tinha acessos de raiva terríveis do nada. Eu me transformava, como o Hulk. Uma vez, no supermercado, uma senhorinha bateu em mim com o carrinho e eu a xinguei feio, juro que não sabia conhecer tantos palavrões. Tenho certeza de que, depois daquilo, ela nunca mais usou o aparelho auditivo.

Não pude conter uma gargalhada. Ela riu, depois continuou:

– Mas o pior era a esperança. A cada vez, acreditávamos que daria certo como se fosse a primeira. Eu via sinais em tudo, pensava "se o semáforo ficar verde em menos de três segundos, estou grávida", o semáforo ficava verde, mas minha barriga continuava vazia. Eu conseguia até ter sintomas, meus seios ficavam pesados, sentia o baixo ventre inchado, enjoos, é incrível o que a mente pode fazer. Quando vinha o veredicto, era um horror. Eu podia passar três dias embaixo das cobertas, não queria fazer nada, depois voltava à razão, me convencia de que seria na próxima vez, mas nunca era. Então passamos para a próxima fase, a fecundação *in vitro*, que é ainda mais difícil para o corpo e para a mente. Tentamos dois embriões da primeira vez. Eles foram implantados, eu finalmente estava grávida, tinha vontade de gritar isso aos quatro ventos, e foi o que fiz, aliás, mas me arrependi muito, porque não deu certo. Pensei que nunca fosse me recuperar...

Ela fez uma pausa. Seu rosto escureceu, era a primeira vez que deixava a sombra ganhar terreno. Logo se recuperou:

– Decidimos parar, nossa vida estava girando em torno disso e era difícil demais. Por seis meses, tentei encontrar outras maneiras de ser feliz, sei que muitas mulheres não querem ter filhos e vivem muito bem, mas eu não conseguia. Sempre quis ter uma grande família, como quando era pequena. Sou assim, eu sabia que, se não tivesse isso, sempre perderia a melhor parte de mim mesma. Nos demos uma última chance e deu mais certo do que em nossos sonhos. Então, sim, tenho um pouco de medo, mas encontrei três trevos de quatro folhas ao mesmo tempo, não vou me queixar! Parem de me olhar assim, vou começar a chorar.

As lágrimas brotaram de seus olhos. O pai de Milo passou o braço em torno de seus ombros, ofereci-lhe um pedaço de bolo, ela riu e comeu.

A mãe de Clément fez uma careta:

– O túnel do Canal da Mancha nunca mais será o mesmo.

65
ÉLISE

Minha filha é adulta. Ela precisou voltar a morar comigo para eu me dar conta disso. Vê-la no apartamento que abrigou sua adolescência já não é a mesma coisa. No fundo, a criança ainda transparece sob a mulher. Como quando ela se enrosca a meu lado no sofá, entre duas ligações profissionais em inglês. Ou quando mergulha o pão no chocolate quente, lendo a seção de política do jornal. Conheço tudo a seu respeito, mas não sei nada sobre ela. Minha menina cresceu.

Esses pequenos momentos de felicidade não vão durar, então aproveito ao máximo. É como uma segunda chance, uma última oportunidade de se despedir do passado.

– Rápido, vamos nos atrasar!

As velhas frases logo retornam. Descemos as escadas correndo e entramos no carro. Se há poucas semanas tivessem me dito que eu correria para a aula de dança, eu teria rido.

Charline quis me acompanhar, mas se recusa a participar. Ela só queria estar a meu lado. Deve ter se arrependido desde os primeiros segundos, tenho a impressão de me sair ainda pior do que nas vezes anteriores, mas azar o dela. Aguentei anos e anos de feiras escolares, apresentações de nado sincronizado e competições de ginástica. Passei horas acompanhando os feitos de crianças que eu não conhecia em troca de alguns minutos de contemplação de meus filhos.

No fim da aula, Mariam, feliz de ter uma nova vítima, nos convida para jantar. Por mais que a avisemos, minha filha parece muito atraída pelo gratinado de abóbora.

A comida aquece enquanto brindamos a nosso encontro. Um cheiro agradável invade o apartamento. Mariam anuncia que sua viagem à Índia começa a tomar forma.

– A propósito, você está pronta para Veneza? – pergunta Nora.

Estou. Quase cancelei a passagem de avião, meus amigos me conhecem. Mas, em poucos dias, partirei. Estou receosa, sem dúvida não dormirei na noite anterior, mas preciso ir. Dessa vez, não será para não decepcionar aqueles que me deram essa viagem. Será para não decepcionar a mim mesma.

O gratinado chega à mesa como Carrie, a estranha. Nora e eu trocamos olhares desconfiados. Pego um pedaço pequeníssimo com o garfo, minha colega tapa o nariz ao colocar o seu na boca.

– Nossa, que delícia! – ela exclama.

– Delicioso! – confirmo. – Comprou onde?

– O que aconteceu? – se preocupa Nora.

Charline está ocupada demais, comendo, para comentar. Mariam cai na gargalhada:

– Segui a receita!

– Ah, bom – ironiza Nora. – Esperta.

– Mas não vou mais fazer isso – conclui nossa cozinheira. – É bem menos divertido.

Ainda é cedo quando voltamos para casa. Charline está exausta. Sua cabeça, encostada no apoio do assento, balança a cada curva. Quando estaciono, ela murmura:

– Mãe, preciso contar uma coisa.

Meu coração acelera. Estava esperando por isso. Deixei-a tomar seu tempo, mas alguns sinais são claros.

O cheiro no banheiro. Eu o reconheceria de longe. O cansaço intenso. A emotividade. O fato de ela não querer dançar. A taça de vinho que recusou.

Ela se vira para mim e coloca a mão sobre a minha:

– Mãezinha, estou grávida. Você vai ser vovó.

66
LILI

Quando cheguei essa manhã, seus avós estavam no leito. Era a primeira vez que os via desde a saída precipitada de nossa casa. Quase dei meia-volta, talvez eu seja mais corajosa quando guiada pela raiva. Infelizmente, eles me viram e precisei enfrentar minha covardia. Eles me abraçaram e se sentaram em silêncio, olhando fixamente para o berço com um sorriso duro nos lábios.

Você agora já sabe que costumo esconder meu constrangimento sob um fluxo de palavras, então eles foram embora uma hora depois com uma noção detalhada da previsão do tempo para os próximos dez dias na região. Perguntaram se poderiam visitá-la em casa, fiquei com pena deles, respondi que eles sempre seriam bem-vindos, eles sorriram e, ao sair, sua avó tirou a chupeta de sua boca.

Dei banho em você junto com Florence e, para deixar bem clara sua desaprovação, quando a peguei no colo para secá-la, você fez xixi em mim. Florence chorou de rir. Quando recuperou o fôlego, disse:

– Amanhã, melhor trazer suas coisas.

– Minhas coisas?

– Sim – ela respondeu, num ar misterioso. – Para a noite... nunca se sabe.

Ela não precisou dizer mais nada. Todas as manhãs, a equipe se reúne para discutir os cuidados de cada paciente. Você está quase autônoma, só precisa desenvolver uma amamentação eficaz, que lhe permita ganhar peso sem o uso de complementos, e poderá sair. É o momento ideal para nos colocarem num dos três quartos mãe-bebê do setor. São verdadeiros quartos individuais, com uma cama para a mãe, todo o material necessário para o bebê, e a presença da equipe ao alcance da campainha. Todos os dias, passo na frente deles, no início do corredor. Às vezes surpreendo, graças a uma porta aberta, uma mãe deitada ao lado de seu bebê, e diante disso, diante dessa proximidade simples à qual nunca tivemos direito, meu coração dói de tanta vontade.

– Ainda não temos certeza – ela enfatizou. – Mas um quarto acaba de ser liberado, e vocês são as primeiras da lista.

– Seria incrível – murmurei.

Ela sorriu e colocou a mão em meu ombro:

– É uma questão de dias, agora. Logo estarão em casa, os três.

Ela saiu do leito e, se meu períneo não estivesse em estado de morte clínica, eu teria corrido atrás dela para declarar minha gratidão eterna. Florence e a maioria das pessoas que trabalham nesse setor conseguiram a façanha de voltar a me dar fé na humanidade.

A vida coloca essa fé à prova com severidade, você logo se dará conta disso. Li que podemos nos tornar intolerantes a crustáceos de tanto consumi-los, é mais ou menos assim com as pessoas também. Muitas vezes me sinto agredida pelo comportamento dos outros, no trânsito, em lojas, em repartições públicas, na amizade e no amor. As pessoas desprezam, empurram, ameaçam, insultam, passam na frente, ignoram, e essa violência cotidiana acaba ocupando todo o espaço e ocultando as mãos estendidas, os sorrisos, os encorajamentos, os entusiasmos, as surpresas...

Aqui, nesse lugar cheio de dor, a gentileza impera. Florence e suas colegas devem ter, sem dúvida, um monte de falhas, talvez sejam coléricas, mentirosas, intolerantes, egoístas, talvez enterrem gatinhos sob suas roseiras, mas o que elas proporcionam às famílias em sofrimento, esse devotamento, essa retidão, me dá vontade de amar o próximo, mesmo que ele passe por cima de meu pé com sua bicicleta.

Meu irmão chegou enquanto eu pensava nessas coisas. Ele sempre teve bom *timing*. Você dormia em meu peito. Ele se aproximou, quase na ponta dos pés, o olhar fixo em você, escrupulosamente evitando o meu.

– Olá – ele murmurou a você. – É o tio Valentin.

Ele se agachou e delicadamente pegou seu pé.

– Que alegria conhecer você. Demorei um pouco para vir, mas um dia explicarei meus motivos. Tenho certeza de que entenderá.

Emiti um grunhido. Ele saiu sozinho. Minha fé na humanidade havia ressuscitado, mas meu corpo ainda não se acostumara a ela. Ele ergueu os olhos na minha direção. Neles, vi tudo o que ele não queria verbalizar. Vi meu irmãozinho de 5 anos segurando minha mão e a de meu pai, percorrendo o corredor branco que nos levava a nossa mãe adormecida. Vi sua tristeza inconsolável naquele quarto com cheiro de desinfetante. Vi sua fobia de tudo o que se parecesse de perto ou de longe com um hospital. Vi o esforço que ele havia feito para conhecer você. Para não me decepcionar. Então sorri e murmurei:

– Oi, maninho. Esta é sua afilhada.

67
ÉLISE

Édouard voltou para casa. Para comemorar, deixou um presente no tapete. Coloquei o tapete no lixo.

Ele está totalmente recuperado. Quando fomos buscá-lo, não balançava apenas o rabo, mas o corpo inteiro. Charline o filmou e enviou o vídeo ao irmão. Thomas respondeu que sabia que Édouard sairia dessa, que ele era um guerreiro, que provara isso com sua cara de ratão-do-banhado. Ele não merece Édouard.

Preparei o prato preferido de minha filha para celebrar seu maravilhoso anúncio: frango marinado com gergelim. Busquei na padaria um *fraisier*, um bolo de morango, e conferi se não era feito com ovo cru.

Não tivemos tempo de chegar à sobremesa. Harry telefonou. Faz duas horas que ela está conversando com ele, fechada no quarto. O *fraisier* desmoronou.

Enquanto espero, penso no momento em que minha filha me contou tudo.

Quando Charline contou a Harry que estava grávida, ele não teve a reação que ela esperava. Ele se levantou da mesa e saiu, dizendo que precisava de ar. Ao voltar, disse que não era a hora. Eles eram jovens, ele a amava, mas não se achava pronto para ser pai. O teste positivo foi uma surpresa para ela também, mas, a partir do momento em que soube que uma vida crescia dentro de sua barriga, ela se sentiu mãe. Fiquei profundamente comovida quando ela me contou esse detalhe.

Ela estava muito triste com Harry. Eu sentia vontade de cortá-lo em pedacinhos e fazer um guisado, mas preferi guardar esse comentário para mim mesma. Sei que, se as coisas se acertarem entre eles, ela irá embora, mas é nela que penso ao lhe dar um conselho:

– Ele tem o direito de se assustar, minha querida. É uma reviravolta enorme. Você parece feliz com ele, e tenho a impressão de que é recíproco. Não o conheço muito, mas acho que é um sujeito legal. Vejo que você não atende nenhuma de suas ligações, ele talvez tenha algo importante a dizer.

– Vai querer que eu aborte, tenho certeza.

– Você saberá tomar a melhor decisão, não tenho dúvida. É suficientemente forte para decidir por si mesma.

– Não quero falar com ele. Sério, eu tinha certeza de que ele ficaria feliz, ele ama o sobrinho de paixão. Não estava esperando essa reação. O que vou fazer?

Ela se atirou em meus braços, chorando. Ficou assim um bom tempo. Eu gostaria de poder acabar com sua tristeza, ficar desesperada em seu lugar. A impotência diante do sofrimento dos filhos é uma das grandes dificuldades dos pais.

Espero que a conversa entre os dois seja positiva.

Sou acordada por um beijo na bochecha. Adormeci no sofá, em cima de meu livro. Charline tem o rosto tenso, mas sorri.

– Desculpe, mãezinha, perdi o jantar.

– Não faz mal, o *fraisier* me fez companhia. Tudo bem?

– Sim. Ele sente muito, entrou em pânico. Quer que tenhamos o bebê. Estou tão feliz!

Ela me abraça forte, seus cabelos me fazem cócegas no nariz. Por mais que mude de xampu, de sabonete, seu cheiro é o mesmo. É o perfume da infância, das lembranças. O perfume de minha pequenina, que será mãe.

68

LILI

Deixei minhas coisas no porta-malas do carro, para não atrair o azar. A equipe ainda estava em reunião quando cheguei. Como todas as manhãs, sentei-me na poltrona azul e contemplei seu rosto enquanto esperava que você abrisse um olho.

Você dormia, aconchegada em seu travesseirinho especial, com seus pequenos punhos fechados junto às bochechas. Atrás de suas pálpebras fechadas, seus olhos se agitavam. Você estava sonhando. Com o quê? Às vezes, seus lábios mamavam um seio imaginário. Seus cabelos castanhos contrastavam com sua pele diáfana. Nunca me cansarei desse espetáculo.

Ao lado, o quadro branco desejava um bom-dia, encorajado por um golfinho que não parecia um, fotografias nossas sorriam para você, e a praia de Biarritz oferecia sua melhor vista. Tentei registrar todos os detalhes, talvez aquelas fossem as últimas horas em seu primeiro quarto.

A voz do doutor Bonvin entrou no leito antes dele. Seu tom alegre bastou para me dar certeza. Passaríamos para o quarto mãe-bebê. Colocávamos um pé na rua.

Nos mudamos à tarde. Nosso novo lar tinha um leito baixo, um banheiro, uma grande pia para seus banhos, uma mesa de troca, armários e todo os aparelhos médicos necessários. Pela janela, a cidade de Bordeaux nos cumprimentava. Colei o pôster de Biarritz.

– Está pronta? – Florence me perguntou.

– Pronta.

O aparelho foi desligado. Você está livre.

Eles vão deixar a sonda gástrica e os eletrodos, você será ligada a um monitor portátil durante as primeiras refeições, para termos certeza de que tudo segue bem, mas os apitos estridentes acabaram.

– Vai dar tudo certo – sorriu Florence. – Está tudo bem.

Não precisei falar, ela captou minhas emoções contraditórias. Fiquei aliviada e feliz com aquele passo rumo à liberdade, mas uma difusa sensação de angústia se apoderara de mim. Agora, nada nos avisaria se algo não funcionasse direito em seu corpinho. Não saberíamos se seu ritmo cardíaco caísse, se sua saturação piorasse. Os bipes me aterrorizavam, mas, quando o aparelho estava silencioso, eu tinha a tranquila certeza de que você estava bem. Agora, a única coisa que me tranquilizará será o tempo. Em uma semana, um mês ou um ano, depois que os dias tiverem passado sem obstáculos, a confiança tomará o lugar da angústia e preencherá todos os espaços.

Seu pai veio direto do trabalho. Era a primeira vez que nos víamos sozinhos, só nós três, na intimidade de um quarto de verdade, com uma porta de verdade. Demos banho em você. Ele a segurava enquanto eu a ensaboava, seu corpinho escorregava, ficamos com medo de derrubá-la, você manteve o cenho franzido o tempo todo, nós rimos como crianças. Ele vestiu o *body* em você, eu o pijama, ainda temos muito o que aprender, você quase perdeu um braço e ficou com a cabeça presa na gola. Você demorou para adormecer, reclamou bastante, vomitou na roupa limpa, mas estávamos em êxtase.

Tivemos um primeiro dia normal de pais normais.

69
ÉLISE

Charline foi embora hoje de manhã. Acompanhei-a até o aeroporto antes de ir para o trabalho. Ela estava ansiosa para reencontrar Harry. Antes de embarcar, anunciou-me que viria passar o Natal aqui. Ela se afastou num passo confiante, com sua mala e seu salto alto. Vi nela a garotinha saltitante que sorria para mim.

Não chorei na frente dela. Recuperei o atraso depois. Por vinte minutos, no estacionamento, deixei minha saudade fluir, a falta que eu sentia deles, minha dor, minhas lembranças, meus anos mais intensos. Édouard deitou sobre minhas coxas e ali ficou até que minhas lágrimas secassem.

Chego no trabalho com meia hora de atraso. Nunca faço isso, mas a senhora Madinier não perde a ocasião:

– Pensei que estivesse prolongando o fim de semana.

Ignoro-a e dou um beijo em Nora. Olivier, com os fones nos ouvidos, me encara com um sorriso de desdém. Ergo os olhos aos céus. Faz um ano que ele trabalha aqui, quase nunca ouço o som de sua voz, mas seu olhar arrogante diz tudo. Tentei simpatizar com ele, no início, mas logo desisti. Seu desdém me fez entender que pertencíamos a mundos diferentes.

Almoço com Nora no parque. Édouard cheira muitos traseiros. Várias vezes tenho a impressão de que Nora está prestes a começar um assunto, mas ela acaba se contentando em comentar as notícias mais recentes.

Ao voltar, uma pilha de pedacinhos de plástico branco me espera embaixo de minha mesa. Não tenho tempo de solucionar o enigma, Olivier me apresenta uma solução:

– Seu cachorro comeu meus fones.

– Quem disse que foi meu cachorro? – replico, na defensiva.

– Não importa – intervém Nora. – Não briguem, senão a Cérbero vai aparecer.

– Os pedaços estavam embaixo de sua mesa – responde Olivier. – A não ser que tenha sido você...

– Muito engraçado. Então seus fones estavam no chão?

– Devem ter caído. Não vi. Não comentei nada com a Madinier, no futuro preste mais atenção.

– Vamos, acalmem-se – insiste Nora.

– Estou muito calma – respondo. – Ele que se mantém mais fechado do que um cinto de castidade.

Seu rosto fica vermelho, mas ele não tem tempo de responder. A senhora Madinier volta, faço os restos plásticos desaparecerem no lixo, enquanto Olivier pega outro par de fones no depósito, depois cada um de nós volta a seu trabalho, com os dentes cerrados até a hora de ir embora.

Saio do escritório sem me despedir.

Tenho uma missão a cumprir.

Estaciono na frente do longo prédio branco, ao lado de um parque arborizado. Peço a Édouard que me espere, comportadamente, não vou demorar. Deixo o vidro entreaberto. A jovem da recepção me diz aonde ir, percorro os corredores até a porta número 34. Bato, uma voz me autoriza a entrar.

A senhora Di Francesco está deitada na cama, assistindo a um programa de televisão. Ela franze o cenho ao me reconhecer:

– O que está fazendo aqui?

Tiro uma fotografia da bolsa e estendo a ela:

– Pensei que gostaria de saber. Ele está com uma boa família. Aparentemente já se aclimatou.

Seus olhos se enchem de lágrimas. Na foto enviada por seu novo dono, Apple está ao lado de duas crianças.

– Pode me levar para um passeio na rua? Aqui é preciso suplicar para que nos deixem sair.

Chamo uma auxiliar, que a coloca na cadeira de rodas. Na mesa de cabeceira, a fotografia em preto e branco de um jovem me aperta o coração.

Faz frio na rua. Arrumo a manta sobre suas pernas. Por um bom tempo, passeamos pelo parque, Édouard a nosso lado. Falo algumas coisas, ela não parece receptiva. Observa as árvores em silêncio.

– Quero voltar – ela diz, de repente.

Deixo Édouard no carro e levo-a até seu quarto. O rosto dela está fechado. Enquanto a auxiliar a recoloca na cama, murmuro em seus ouvidos:

– Todas as noites, coloco uma cenoura ralada na caixa de correio do senhor Lapin.

Seu olhar se ilumina.

– É mesmo?

– É mesmo.

Ela quase sorri.

– Homem desagradável. Foi mal-educado com meu pobre marido, uma vez, por causa de um lugar no estacionamento. Não sinto falta desse daí. A senhora sabia que não vou voltar?

– Sua sobrinha me disse.

– Elas querem se livrar de mim. Minha irmã deve estar se remexendo no túmulo.

Ela volta ao mutismo de antes. Coloco um punhado de bolotas de carvalho em sua mesa de cabeceira, ao lado do porta-retratos.

– Adeus, senhora Di Francesco.

– Adeus, senhorita Duchêne. Até logo, quem sabe.

Fecho a porta sem fazer barulho e fico parada no corredor por alguns minutos. Da próxima vez, trarei um vídeo de Apple.

70
LILI

Não preguei o olho a noite inteira. Esperei tanto por isso. A primeira vez com você.

Você demorou para pegar no sono, devia estar sentindo a mudança. Embalei-a caminhando pelo corredor, ato banal até então proibido por causa dos tubos. Não demonstrei nada, me concentrei para manter um rosto de mármore, mas por dentro parecia em ebulição. Você acabou dormindo, coloquei-a no berço, deitei em minha cama e, pelo acrílico, contemplei-a sem parar de sorrir.

Dizem que os bebês estão conectados a suas mães, e você fez questão de me provar que é verdade. Na primeira vez em que eu peguei no sono, você começou a chorar. Na segunda, você tossiu. Na terceira, gemeu. Na quarta, chorou. Na quinta, regurgitou. Na sexta, choramingou. Na sétima, chorou. Na oitava, você grunhiu. Na nona, se assustou. Na décima, chorou, eu me sobressaltei, gemi, choraminguei, grunhi e chorei. Eram três horas da manhã quando entendi que seria melhor desistir de dormir.

Levantei, peguei você no colo, coloquei os chinelos e atravessei o corredor para encher minha garrafinha na sala das famílias. A mãe de Clément estava deitada no sofá. Ela me lançou um olhar zangado.

– Sinto muito, eu não queria acordá-la.

– Eu não estava dormindo.

Servi-lhe um copo de água.

– Está tudo bem? – ela me perguntou.

– Muito bem, só preciso me acostumar a todos os barulhinhos dela. Dei à luz um bebê-orquestra!

Ela sorriu. Sentei-me a seu lado.

– Sabia que eu tinha medo de você?

Pensei que ela fosse se surpreender, mas ela assentiu:

– Sabia.

– Como assim, sabia?

– Você deveria ver sua cara sempre que cruzava comigo, parecia um peru no dia de Natal.

– E para você só faltava a machadinha. Olhava para mim como se escolhesse que método de abate usar.

– Eu também sabia disso. Não costumo ser muito sociável, esse momento piorou tudo. Gosto de gente, mas à distância. Com essa cara de *serial killer* me sinto mais segura, ninguém me pergunta as horas.

– Ah, sem dúvida! Um dia pegamos o elevador juntas e quase tive uma diarreia.

– Lembro bem, parecia que ia desmaiar. Foi a vez em que quase bati numa enfermeira. Ela ousou me dizer bom dia.

– Que audácia.

– As pessoas não têm mais respeito. Agora mesmo, uma sem-noção cometeu o erro de me servir um copo de água. Vou ser obrigada a acabar com ela.

Levantei-me e fingi que ia embora. Ela riu com vontade, mas deve ter se dado conta disso e parou bruscamente. Eu me sentei ao seu lado:

– Não vou abraçá-la, ficaria com medo de levar uma cabeçada, mas a intenção é o que conta. Quando o destino de minha filha ainda era incerto, nas raras vezes em que ri, senti uma culpa terrível.

Ela deu de ombros:

– Sei que não muda nada, mas me sinto mal. Tenho dificuldade até para comer. Qualquer coisa que me dê prazer me lembra que meu filho talvez nunca tenha esse direito.

Nenhuma palavra poderia consolá-la, então fiquei sentada ali, a seu lado, em silêncio. Você tinha voltado a dormir. Ela acabou se deitando, descansou a cabeça no travesseiro que havia ganhado, depois suspirou:

– Bom, preciso dormir, caso contrário precisarei fazer picadinho de você.

CHARLINE E THOMAS

Charline
Boa sorte com o voo, mãezinha! Vai dar tudo certo, não se preocupe. Um beijão, amo você!
17h13

Por que o "amo você", como se eu fosse morrer?
17h14

Charline
Hahaha! Claro que não, é só porque amo você!
17h28

Thomas
Boa viagem, mãe! Também amo você.
17h31

Que bom saber que posso contar com vocês para me acalmar. Seus ingratos. Beijos. Mãe.
17h37

Amo vocês, por via das dúvidas.
17h38

71
ÉLISE

Não tenho nada contra aviões, mas acho que merecem a pena de morte.

É ridículo causarem tanto medo. Antes de hoje, voei quatro vezes. Sentada em meu assento, entre um adolescente e uma senhora de idade, pergunto-me por que meus filhos não me deram um passeio de trenzinho por Bordeaux.

Tento me distrair lendo, para fazer o medo acreditar que o esqueci, mas ele se faz presente através de minha vizinha:

– Tirei minha sorte nas cartas antes de sair, não fiquei muito tranquila – ela declara. – Sabia que as chances de sobrevivência em acidentes de avião são quase nulas?

Respondo educadamente com a cabeça e volto a mergulhar na minha leitura.

– Morremos antes de tocar o chão. Ainda bem, assim nós não sofremos.

Com os olhos, faço com que entenda que sou mais perigosa que o avião. Eu tinha que cair ao lado da viúva de Nostradamus. Coloco os fones de ouvido do celular e finjo ouvir música. A estratégia funciona, ela não me dirige mais a palavra pelo resto do voo. Em contrapartida, minha angústia não me abandona até o último segundo.

Está escuro quando chegamos. Sigo as instruções enviadas por Charline. A van me deixa na Piazzale Roma, depois pego um barco-táxi até o hotel. Não enxergo muita coisa, Veneza está mergulhada num nevoeiro. A descoberta da cidade precisa esperar por amanhã.

Meu quarto fica no segundo andar. Seu tamanho diminuto, suas cortinas claras e sua grande cama cheia de travesseiros o tornam imediatamente confortável a meus olhos. Largo a mala e sento-me na cama. As instruções de minha filha acabam aqui. A partir de agora, é tudo comigo.

Fico parada um instante, pensando no que fazer. Esmiucei um guia de viagem e fiz pesquisas na internet, mas nesse exato momento, sozinha num país que não conheço, longe de minhas referências, sinto-me perdida. É meu estômago que me leva a sair. Ainda é cedo, devo conseguir encontrar um restaurante.

As ruas estão cheias. De casais, basicamente. Alguns grupos de amigos. Ouço inglês, francês, alemão e outras línguas que não identifico, raramente italiano. Todas essas pessoas parecem aumentar minha sensação de solidão. Em minha imaginação, era agradável viajar sozinha. Eu me via caminhando ao longo dos canais, parando na Ponte dos Suspiros, degustando um *tiramisù* em algum terraço, cercada de pombas na Piazza San Marco. Na realidade, só tenho vontade de uma coisa: voltar para casa, encontrar meus pontos de referência, ouvir vozes familiares e ver rostos conhecidos.

Deparo-me com uma barraquinha de pizza para levar. Escolho uma ao acaso e volto ao quarto com pressa. Passo a noite lendo e caio num sono agitado, interrompido duas vezes pelo namoro de meus vizinhos. Amanhã, pego o voo de volta.

72
LILI

Desde a manhã, alimento você sem a ajuda de ninguém. Você acorda quando tem fome, mais um objetivo alcançado, coloco-a na posição, é um pouco trabalhoso, mas nós duas formamos uma boa equipe. Logo conseguirei tirar o seio enquanto posiciono você sem molhar minha camiseta ou suas bochechas. Você costuma pegar no sono durante a mamada, então tento estimulá-la, acaricio sua bochecha, faço cócegas em seus pés e você recomeça até a próxima pausa. A enfermeira só intervém depois, para encher de leite a seringa injetada na sonda gástrica e para ligar os eletrodos ao monitor, durante a refeição. Quando você não precisar mais de complemento e ganhar peso exclusivamente com as mamadas, poderemos ir embora. Florence acredita que até o fim da semana devemos estar em casa.

A psicóloga passou no fim da manhã. Ela me perguntou como eu me sentia, tão perto de sair. Não precisei pensar para responder, uma lembrança logo me ocorreu.

Eu tinha 8 anos. Estava na piscina municipal com minha mãe, que estava grávida de meu irmão. Aprendera a nadar havia pouco tempo, batendo os braços e as pernas, conseguia não afundar. Em geral, me contentava com a piscina rasa. Naquele dia, porém, eu quis me aventurar. Subi no trampolim mais baixo. Sentia-me atraída, tanto quanto assustada. Sua avó me encorajava, mas eu mal a ouvia. Eu ouvia meu coração bater nos ouvidos. Um garotinho entrou na fila. Estava na hora: ou eu pulava, ou desistia. Respirei profundamente, fechei os olhos, tapei o nariz e voei.

É assim que me sinto, a poucos dias da saída. Prestes a pular na piscina grande.

– Aqui, temos um colete salva-vidas – expliquei. – Diante do menor problema, da menor dúvida, aperto a campainha e alguém vem me ajudar. Vamos precisar aprender a nadar sozinhas.

Eva sorriu:

– Com os coletes, vocês não conseguem nadar direito, ficam boiando. Sem eles, podem seguir em frente, em nado *crawl* ou borboleta, do jeito que preferirem.

Ela estava em pé. Sua silhueta se destacava à contraluz. Ela enfiou as mãos nos bolsos da bata:

– Vim me despedir.

– Não nos veremos amanhã? – perguntei.

Ela olhou para você:

– Não, minhas férias começam esta noite, por dez dias. É provável que vocês não estejam mais aqui quando eu voltar. Minha colega Jessica me substituirá.

Minha garganta ficou apertada. O fim de nossa temporada no setor de neonatologia estava começando. Eva havia testemunhado minhas emoções mais ambivalentes. Ela havia sido minha confidente mais íntima. Ela havia sido meu refúgio, minha casa, meu para-raios. Ela havia sido a calmaria depois da tempestade.

Senti que me despedia de uma amiga e também a senti tão comovida quanto eu, mas a situação nos impunha comedimento. Ela mal se permitiu uma carícia em sua cabeça. Desejou-nos uma linda vida, desejei-lhe boas férias, e ela se afastou. Gostaria de ter encontrado as palavras certas para expressar-lhe o que sentia, para dizer-lhe a que ponto ela fora importante. Ela estava perto da porta, não podia ir embora sem saber, então abri a boca e a frase mais improvável do mundo saiu por ela:

– Obrigada por tudo. Você é um excelente colete salva-vidas.

73
ÉLISE

Acabo de acordar e alguém já bate à porta. Uma mulher sorridente deixa em cima da cama uma bandeja com um café da manhã colossal e abre as cortinas. O sol invade o quarto.

– *Buon appetito, signora*! – ela diz, antes de sair.

Levanto-me e caminho até a janela. O nevoeiro se dissipou. Lá embaixo, uma ruela de paralelepípedos ecoa sob os passos dos pedestres. Diante do prédio da frente, cheio de venezianas verdes, um homem faz música com copos. O quadro é claramente menos ameaçador do que ontem.

Ainda não me decidi, mas a urgência da fuga diminuiu. Coloco um vestido, os tênis e enfrento meu medo.

A primeira coisa que chama minha atenção é o barulho. Ele é diferente aqui, quase silencioso. Levo vários segundos para entender que a diferença é a ausência de carros. As vozes reverberam nas fachadas brancas, a água marulha, os barcos zumbem, as canções pairam, os pássaros arrulham. Chego rapidamente a uma praça imensa, que reconheço na mesma hora: a Piazza San Marco. Ela é impressionante, com sua torre que toca o céu, o Palácio do Doge e a majestosa basílica. Os turistas eufóricos tiram fotos entre os pombos. Vou até o centro da praça, faço uma selfie e envio para as crianças. Charline responde na mesma hora: "Que sorte, aqui está chovendo! Aproveite, mãezinha".

Tenho um estalo. Ela tem razão. Que sorte a minha. Mesmo não estando absolutamente tranquila, mesmo levando um susto a cada empurrão, mesmo me sentindo melancólica de vez em quando, decido ter os clichês com que sempre sonhei.

Ando de *vaporetto*.

Passo sob a Ponte de Rialto de gôndola.

Beberico um *spritz* na Ilha de Giudecca.

Percorro o Grande Canal e admiro seus sublimes palácios.

Tomo dois *gelati*.

Subo ao topo do Campanário de São Marcos.

Visito a basílica.

Estou cheia de bolhas nos pés quando o dia acaba, mas orgulhosa de mim. Passei o dia fazendo apenas o que queria fazer. Às vezes, uma sensação estranha, como se tivesse esquecido de alguma coisa, surgia, mas desaparecia. Só precisei agradar a mim mesma. Não é ruim, apenas diferente, e isso amplia meu campo de possibilidades. Sou capaz de viajar sozinha. Sou capaz de ir ao cinema sozinha. Sou capaz de viver sozinha. É atordoante dispor dessa liberdade toda.

Volto ao hotel para tomar uma ducha antes de sair para jantar. Encontro uma mesa num restaurante pitoresco sugerido por meu guia. O garçom me coloca perto da janela envidraçada, com uma vista magnífica para a laguna. Ele fala um pouco de francês e está claramente com vontade de praticar.

Durante o antepasto, ele me pergunta como uma *ragazza* tão bonita pode estar sozinha.

Durante o espaguete, ele me pergunta se eu tenho algo para fazer depois.

Durante o *tiramisù*, ele me pergunta se quero casar com ele.

Recuso e peço mais uma sobremesa.

Conheci dois homens depois do divórcio. O primeiro, no casamento de meu irmão. Ele era engraçado e sensível, eu gostava de sua companhia, mas não estava apaixonada. Três anos tinham se passado da separação e eu ainda não estava pronta. O segundo era consultor da empresa onde trabalho. Encantador nos primeiros encontros, logo se tornou exclusivista.

Não entendia por que eu não deixava meus filhos com alguém todas as noites para encontrá-lo. Terminei a relação, ele me enviou mensagens por três meses, para declarar seu amor eterno ou para dizer que eu não sairia de cena assim tão fácil. Acabou conseguindo outra presa. Encontrar o amor não faz parte de meus planos. Talvez um dia eu conheça alguém que me dê vontade de compartilhar meu *tiramisù*, minha escova de dentes e minhas emoções, mas por enquanto vou conhecendo a mim mesma.

74
LILI

A mãe dos trigêmeos chegou com uns vinte bolinhos. Ficamos surpresos – de onde tirava tempo para preparar tantas coisas com dois bebês em casa e outro no hospital? –, mas ela suspirou:

– É simples, não preguei o olho a noite inteira. Quando elas choram, não consigo dormir por causa do barulho, e quando as duas não choram, não durmo por causa da angústia. Minhas olheiras estão tão fundas que posso equilibrar coisas nelas. Então cozinho para ficar acordada. Querem um pouco?

Seus doces tinham se tornado a atração do setor. Sempre havia algum à disposição, na sala das famílias. Os outros pais e os membros da equipe vinham frequentemente se regalar, tanto que ela recebera um novo apelido: "a mãe dos bolinhos". Ela não ficava pouco orgulhosa.

Meus preferidos eram as zalábias, espécies de sonhos cheios de mel de flor de laranjeira.

O pai de Milo pegou um corno de gazela e olhou fixamente para ele, maravilhado.

– Minha mulher sai amanhã – ele murmurou.

Brindamos a isso com suco de maçã. Ele abriu a mochila e pegou uma pasta de papel. Dentro dela, havia desenhos de criança. Ele distribuiu um para cada uma de nós:

– Minha filha me faz muitas perguntas desde que viu vocês no outro dia. Ela quis saber tudo sobre seus bebês. Hoje, quando eu estava saindo, ela me pediu que lhes entregasse isso.

Maëlle havia escrito seu nome em letras grandes, com uma cor diferente para cada letra. Você tinha um tronco desproporcional e pernas que pareciam cadarços, em pé entre dois bonecos, sem dúvida seu pai e eu. Estávamos num prédio quadrado acima do qual estava escrito "NENONATA" em maiúsculas. Acima do teto, um arco-íris nos protegia da chuva.

A garotinha de 5 anos havia entendido tudo.

Passamos algum tempo juntos, você estava conosco, adormecida no berço de rodinhas. O encontro tinha o sabor das últimas vezes, uma doce mistura de melancolia e esperança.

Seu pai chegou tarde. Havia passado na casa dos pais. Era a primeira vez que voltava a vê-los. Eles agiram com ele da mesma forma que agiram comigo no dia em que vieram visitar você: como se nada tivesse acontecido. Ele não ousou tocar no assunto. Eles pediram notícias suas, entregaram a seu pai um novo bichinho de pelúcia para você, se preocuparam com meu cansaço, sugeriram que eu parasse de amamentar para recuperar minhas forças. Ao acompanhar seu pai até o carro, sua avó murmurou-lhe que sentia muito. Suas palavras haviam escapado. Ela nunca deveria ter mencionado minha mãe. Ele a beijou, aliviado.

– Espero que ela nunca mais me force a isso – ela acrescentou.

Ele me contou tudo, sem tentar protegê-los, sem valorizar a si mesmo. Senti que estava comovido. Ele não soltava minhas mãos.

Ele tinha planejado voltar cedo. Precisava lavar a roupa e trocar os lençóis. No entanto, quando me deitei, quando você adormeceu, seu pai se despiu e se deitou comigo. Abraçou-me com toda a força e murmurou:

– Quando vi meus pais, percebi a sorte que tinha.

A respiração dele acariciava meu pescoço. Seu pai fez uma pausa e continuou:

– Vocês duas são a minha família.

CHARLINE E THOMAS

Ciao, meus queridos, é a mamma. Tudo bem por aqui. Os italianos são muito apegados às mães, só para saberem. Beijos. Mãe.
9h42

Thomas
Sim, mas elas não queimam lasanhas.
10h29

Só queimei uma vez!
10h31

Charline
Uma congelada. No micro-ondas.
10h33

Vocês não merecem as cesarianas que fiz. Beijos. Mãe.
10h35

75
ÉLISE

Do avião, vejo Veneza diminuir de tamanho. Essa manhã, depois de uma noite acompanhando as vocalizações de meus vizinhos de quarto, peguei o *vaporetto* para visitar a Ilha de Murano. Saí de lá cheia de joias de vidro para os amigos.

Passeei pelas ruas escarpadas, deixei-me guiar pelos cheiros, pelas vozes, perdi-me em recantos onde o silêncio se escondia e fui para o aeroporto prometendo a mim mesma não demorar para voltar, mas não antes de ter conhecido a Escócia, a Irlanda, a Escandinávia e vários outros países. Vou precisar me acostumar com o avião.

Estou sentada entre a janela e um jovem com fones de ouvido, que murmura canções cujas letras poderiam ter sido escritas por Édouard. Concentro-me na paisagem. Ela é bonita, vista daqui. Imensa e minúscula. Meu coração dispara, estamos alto demais. Tiro meu livro da bolsa e mergulho na leitura. Levado pelas palavras, meu ritmo cardíaco se acalma.

Restam poucas páginas quando aterrissamos, ao lado do sol poente. Pego meu carro e vou ao encontro daquele que me fez tanta falta.

Édouard e sua língua me recebem como se não nos víssemos há um século.

– Que bom que veio buscá-lo, esse cachorro é uma diarreia ambulante! – diz Nora, fechando a porta de seu apartamento atrás de mim.

Dou risada:

– Eu avisei. Obrigada por ficar com ele.

– Foi legal, na verdade. Édouard é tranquilo, me deu vontade de ter um cachorro.

Mariam aparece na porta da sala:

– Pensamos que você não teria comido, então preparei uma coisinha. Aceita?

Claro que sim. É exatamente do que preciso para me recuperar de tantas emoções. Fico encantada que elas tenham se reunido para me receber.

Conto meu périplo, Mariam pergunta sobre a gastronomia local, Nora quer saber tudo sobre os italianos. Presenteio-as com colares comprados em Murano, amarelo para Mariam, azul para Nora, elas os colocam no pescoço.

Em cima da mesa, com a tela para baixo, o celular de Nora não para de tocar. Ela não o vira para cima e enrubesce ao cruzar com meu olhar.

– Tudo bem? – pergunto.

– Tenho algo a confessar.

– Eu sei, a omelete está cozida demais, parece poliestireno.

Nora solta uma gargalhada:

– Claro que não! Ou melhor, sim, mas não é isso que quero dizer. Vou morar com alguém.

– Um cachorro? – pergunto.

– Não, um homem! Espero que ele não faça as necessidades no chão.

Comemoramos a notícia e a bombardeamos de perguntas. Quem é ele, desde quando estão juntos, tem fotos dele, o que ele faz? Ela se mantém evasiva, misteriosa, depois acaba dizendo que eu o conheço bem.

Quase me engasgo com o poliestireno. Meu cérebro analisa rapidamente os conhecidos que temos em comum, e um único nome me ocorre. Thomas. Meu filho está saindo com minha amiga. Não suspeitei de nada. Não sei o que sinto, mas prefiro deixar bem claro:

– Se o fizer sofrer, serei obrigada a enterrá-la sob um *crumble* de quinoa.

Nora parece surpresa com minha reação, mas não fala muito, feliz de finalmente ter compartilhado os detalhes de sua relação. De suas longas conversas. De sua cumplicidade. De seus projetos. E também de sua atração sexual.

– É bom de cama? – quer saber Mariam.

– Ai meu deus, nem queira sab…

Interrompo-a:

– Nora, adoro você, mas não quero saber os detalhes de sua relação com meu filho.

– Seu filho? – se espanta Mariam.

– Seu filho? – exclama Nora. – Está maluca! Estou falando de Olivier, nosso colega!

A conversa me faz perder dez anos de expectativa de vida.

Nora retoma a história desde o início. Olivier e ela se escondem há oito meses. Até agora, as diferenças entre os dois os levavam à prudência. Eles não têm nada em comum, mas ela nunca se deu tão bem com outra pessoa. Ele é o homem mais carinhoso e gentil que ela já conheceu, está apaixonada por ele e, quando diz isso, seus olhos brilham como a Times Square.

Se eu precisasse escolher duas palavras para definir Olivier, arrogante e imbecil me ocorreriam antes de carinhoso e gentil, mas Nora está eufórica e é isso que conta. Além do fato de que não está se mudando para Paris para morar com Thomas.

76
LILI

Você deve sair amanhã.

A residente desagradável me anunciou a boa-nova hoje de manhã, logo depois de repreender seu pai por ter dormido aqui. Por mais que tenhamos explicado que as enfermeiras nos autorizaram, que todos os pais faziam isso, ela não cedeu.

– É proibido, ponto-final.

Ela tem muitos argumentos. Pensei que era preciso um mínimo de inteligência para fazer um curso de Medicina, mas claramente não estávamos diante de uma sumidade.

Laëtitia, a auxiliar de enfermagem, nos passou detalhes. Desde ontem à tarde você não recebe mais complemento depois da mamada. A sonda gástrica deve ser retirada no início da noite. Se amanhã, como hoje de manhã, você tiver ganhado peso, poderemos ir embora.

Seu pai foi trabalhar a contragosto. Engoli meu café da manhã na frente de uma novela alemã, que poderia estar passando sem dublagem e não teria feito diferença, minha mente estava longe.

Em meus sonhos, depois do parto voltávamos diretamente para casa, sem passar pelo setor de neonatologia. Ter planos é bom, mas foi aqui que nossa história começou. Não sei de que maneira isso influenciou as coisas. Várias vezes me questiono a respeito. Eu teria amado você tão rapidamente, com tanta força, se não houvesse uma emergência? Eu teria pegado você tantas vezes no colo se sua vida não estivesse em risco? Eu teria tido tanta paciência diante das dificuldades se não tivesse nossa felicidade como medida? Eu teria sido uma mãe diferente sem esse início tumultuado?

Sua avó – minha mãe – com frequência dizia que o azar era uma sorte. "Não devemos contornar os obstáculos, mas pular por cima deles com os pés juntos e aproveitar para alçar voo." Espero que, de onde estiver, ela nos veja tomando impulso.

Eram quase oito da noite quando a mãe de Clément bateu à porta. Você dormia sobre o peito de seu pai, que estava deitado na cama.

– Preciso de você, pode vir?

Segui-a pelo corredor. Ela caminhava rápido e seu olhar parecia mais sombrio do que de costume. Na frente da sala das famílias, ela me fez sinal para esperar e entrou pela porta entreaberta. Alguns segundos depois, a porta se abriu:

– SURPRESA!

A mãe de Clément, os pais de Milo e dos trigêmeos formavam um lindo conjunto de sorrisos. A mesa estava cheia de quitutes, o sofá abrigava vários pacotes de presentes, e uma faixa de "Feliz aniversário!" estava pendurada na parede. O pai de Milo me explicou que eles procuraram uma com "Bom retorno!", mas não encontraram.

Sorri, chorei, solucei e chorei de novo. A mãe dos trigêmeos me puxou até a mesa, entusiasmada:

– Você não achou que a deixaríamos ir embora assim, sem mais nem menos. É nossa última refeição juntos, você precisa de calorias suficientes para os próximos dois anos.

Você e seu pai chegaram logo depois. Comemos o melhor cuscuz das galáxias. As enfermeiras e auxiliares presentes, bem como outros pais, vieram brindar conosco.

As horas passaram com a simplicidade das noites entre amigos. Foi um desses momentos que, enquanto estão sendo vividos, sabemos que ficarão guardados para sempre. O riso da mãe dos trigêmeos. O cheiro das especiarias. O sorriso do pai de Milo. As confidências da mãe de Clément. Os azulejos brancos. O sofá puído.

Lembrei de nossos primeiros encontros, quando nos medíamos de longe. Quando eu só pensava numa coisa: sair desse lugar que eu detestava. Se o pai de Milo não tivesse desmoronado na nossa frente, eu teria agido como estava acostumada a agir. Não teria dirigido a palavra a ninguém. Teria feito de tudo para não ter que conversar com um desconhecido. Eu teria me fechado em minha bolha, impermeável aos outros. Teria passado à margem de todos.

Estava tarde quando saímos. A lua crescente nos iluminava como um sorriso.

– Pegou o canivete? – perguntou o pai de Milo.

– Está sempre comigo – respondeu a mãe de Clément.

Ninguém se espantou. Ela o abriu e, um por um, ao lado dos nomes de nossos filhos, gravamos os nossos. O pai dos trigêmeos ficou de guarda e nós, envergonhados. O pai de Milo zombava de nós:

– Ninguém vai para a prisão por desenhar num banco, bando de delinquentes de mãos desinfetadas!

Ele foi o primeiro a sair correndo quando ouvimos passos sobre as folhas secas. Todos o seguiram entre gritinhos e gargalhadas.

Passava da meia-noite quando os pais de Milo, dos trigêmeos e seu pai foram embora. A mãe de Clément nos acompanhou até o quarto, você estava dormindo.

– Vou ficar um pouco com Clément – ela murmurou, à porta.

– Está bem. Faça um carinho nele por mim.

Ela inspirou fundo, como se fosse dizer alguma coisa, depois fechou a boca e, de repente, me abraçou.

– Obrigada por tudo – murmurou.

Com a mesma brusquidão, me soltou e se afastou na direção do leito 6, para ficar com o amor de sua vida.

CHARLINE E THOMAS

Charline
Mãezinha, voltou bem? Estou preocupada, você não atendeu ontem à noite.
7h32

Olá, meus queridos. Desculpem, passei a noite com Nora e Mariam, voltei tarde. Deu tudo certo na volta. Falamos logo. Beijos. Mãe.
8h04

Thomas
Esse mundo escroto está de ponta-cabeça. A mãe não atende os filhos.
11h49

Testículo, querido. Esse mundo testículo está de ponta-cabeça. Beijos. Mãe.
11h50

77
ÉLISE

Thomas raramente me liga. Por isso, quando seu nome aparece na tela enquanto estou jantando, imagino o pior.

– Oi, mãe!

– Tudo bem, querido?

– Sim, sim, só queria ouvir sua voz.

Conheço esse tom. Criança, ele falava do mesmo jeito quando se sentia melancólico. "Você vai sempre me amar, né, mamãe?", me perguntava às vezes, depois da história para dormir. Eu o tranquilizava. Vou sempre amar você, e mesmo depois, meu pequeno.

– Aconteceu alguma coisa?

– Não, nada. Não se preocupe, é só um desânimo. Às vezes me sinto um pouco sozinho.

Meu filho é hipersensível. Suas emoções costumam extravasar, suas angústias às vezes o sufocam. Ele gosta demais, se preocupa demais, sente demais, se contraria demais. Já passei horas ouvindo-o se deleitar com a lua cheia, com a bicicleta nova, com a música nova que conseguia tocar no violão e com a garota que sorrira para ele. Passei horas reconfortando-o porque ele havia tido um pesadelo, porque ralara o joelho, porque havia entendido que todos morreríamos, porque uma garota o havia deixado. Com o passar do tempo, ele construiu uma carapaça de despreocupação, aprendeu a lidar com a ironia, mas sei o que se esconde lá dentro.

Se eu pudesse, pegaria o carro e iria até ele na mesma hora. Eu gostaria tanto que meus filhos morassem a duas ruas de distância. Mas não é o caso, então preciso desenvolver outras estratégias.

– Não vai fazer nada hoje à noite? – pergunto.

– Não. Meus amigos vão sair, eu não quis.

– Tive uma ideia, querido. Vamos passar a noite juntos.

Dez minutos depois, sentada à mesa da cozinha, na frente do laptop, retomo a janta onde a havia deixado.

– Está comendo o quê? – meu filho me pergunta da tela.

– Uma salada de lentilhas, e você?

– Massa à bolonhesa.

Ele mostra a caixinha branca com sua comida. Voltou a sorrir.

Por mais de uma hora, conversamos como antes, como se ele estivesse aqui. Ele fala das aulas, mais difíceis do que havia imaginado. Da banda de rock que está formando com os amigos. Eles encontraram um bar que aceitou deixá-los tocar. De seu encontro com *ela*, mas é complicado, eles não se veem com tanta frequência quanto gostaria. Ele quer saber de minhas novidades. Ri ao saber que consigo viver sem ele. Anuncia que, como a irmã, virá passar as férias de Natal comigo.

Ao fim da refeição, corto uma fatia de pão e coloco um quadradinho de chocolate em cima dela, depois ligo o forno. Do outro lado da tela, ele faz a mesma coisa.

Nosso ritual se transforma num pequeno momento extraordinário.

Talvez esse seja o lado bom do afastamento. Estar junto é tão difícil que nos damos conta de seu valor. A sobremesa fica melhor do que todas as outras. O chocolate está mais saboroso, o pão mais macio e o sorriso de meu filho mais enternecedor.

Nada acabou. Nada mudou. Charline e Thomas estão grandes, longe, mas sempre serei sua mãe.

78
LILI

Sessenta gramas. Esse é o peso de sua liberdade.

– O ganho de peso é suficiente para vocês saírem – anunciou Florence. – O médico já vai passar aqui para deixar todas as prescrições e recomendações.

Guardei suas coisas, fechei as minhas malas, tirei o pôster, deixei os lençóis enrolados ao pé da cama. Pela última vez, dei um banho em você na pia branca. Você não abriu os punhos, herdou a amabilidade de sua mãe.

Eu estava vestindo você quando o doutor Bonvin entrou.

– Sempre cumpro minhas promessas – ele declarou.

Lembrei do momento em que ele me tranquilizara, afirmando que tudo daria certo. Ele parecia genuinamente feliz com a realização de sua previsão.

– Obrigada, doutor – murmurei, com a garganta apertada. – Sua bondade foi preciosa.

Ele deu de ombros, como se não fosse nada. Respeitei sua humildade, embora nós dois soubéssemos que generosidade e delicadeza não vinham junto com o jaleco branco. A residente desagradável que o dissesse. Ou o radiologista que me criticara por ter gordura localizada. Ou o médico que nos explicara, em detalhes, como nossa mãe havia sofrido. Ou a médica que perguntara a seu avô, ainda atordoado, se ele a teria levado a cometer aquele gesto. Empatia não se aprende. O doutor Bonvin era daqueles que nasciam com ela, eles não são raros, mas também não são numerosos, e costumam se esconder em setores onde sua bondade tranquiliza os outros.

Ele nos desejou tudo de bom, depois saiu para tratar outras pessoas. Florence chegou logo em seguida.

– Preciso cuidar de um paciente, então passei para me despedir rapidamente. Fico feliz que vocês estejam voltando para casa!

Observei seus cabelos escuros, seu sorriso luminoso e seu olhar cheio de doçura. Eu não queria chorar, estava de rímel, mas quando abri a boca e disse obrigada, muitíssimo obrigada, pela paciência, pela escuta, pelo carinho, obrigada por ter escolhido essa profissão, obrigada por ter sido o anjo da guarda de minha pequena, quando murmurei que sentiria saudade, o rímel escorreu por minhas bochechas.

Lembrei do casal emocionado que saíra há algumas semanas e me deixara espantada. Só compreendemos de fato certas coisas depois que as vivemos.

Florence apertou minha mão, demoradamente, sua boca não se abria, mas seu olhar dizia tudo, e ela saiu do quarto como se fôssemos nos ver amanhã.

Era meio-dia quando seu pai chegou rodopiando, com a cadeirinha na mão. Seu sorriso ocupava seu rosto todo.

Estava na hora da despedida.

Você dormia em meu colo. Pela última vez, percorremos aquele longo corredor. Eu o havia detestado, havia odiado aquele lugar, as paredes de cor pastel, os adesivos infantis, o cheiro de desinfetante, os bipes incessantes, as portas de vidro, os barulhos de carrinhos, as venezianas fechadas. No entanto, pouco a pouco, aquele se tornara nosso primeiro lar.

O hospital, que imaginamos sinistro, onde esperamos nunca precisar morar, se revela um lugar de vida. Onde se chocam as emoções mais intensas, onde se interpenetram os destinos mais diferentes. A vida convive com a morte, o terror coabita com a esperança, a alegria sucede ao desânimo, a sensibilidade é exacerbada, a felicidade extravasa, a mágoa é insondável, o insignificante desaparece, o essencial o é de fato.

As máscaras e as poses se dissolvem. Estamos todos no mesmo barco, o coração apertado, a janela aberta, sem escudo, sem distanciamento. Os caminhos se entrelaçam pelo tempo de uma recuperação, nos damos as mãos, nos entregamos, nos revelamos, nos entendemos, nos ajudamos, nos encorajamos, nos apegamos...

Nossos companheiros de neonatologia nos esperavam na sala das famílias.

Os pais de Milo nos deram um álbum de fotos para ser usado ao longo da infância. Eles tinham recebido uma boa notícia: poderiam passar para um quarto mãe-bebê. A mãe dos trigêmeos colocou um pacote nas mãos de seu pai. Com certeza cheio de bolinhos. A mãe de Clément estava com seu olhar sombrio.

Eles nos acompanharam até as portas duplas. Nos abraçamos e prometemos voltar a nos ver.

Não voltaremos a nos ver. Assim como não voltarei a ver Florence, Estelle, Eva, o doutor Malois, o doutor Bonvin, Laëtitia, Selena e todas as outras. No entanto, sei no fundo de mim mesma que nunca os esquecerei. Um dia contarei a você sobre as pessoas que atravessam nossa vida passageiramente, mas deixam uma marca para todo o sempre. Um dia contarei a você sobre encontros efêmeros indeléveis.

79
ÉLISE

Chego à maternidade junto com Jean-Louis.

– Estava bom em Veneza?

Fico espantada que ele se lembre de minha viagem, eu havia mencionado meus preparativos rapidamente. Conto algumas coisas, ele se interessa, faz perguntas, não recua quando pego o telefone para mostrar fotos.

– Espero que tenha provado o risoto com tinta de lula! – ele diz, quando saímos do elevador.

– Não. Sei que é uma especialidade, vou precisar voltar.

Caminhamos pelo corredor, sinto seus olhos sobre mim por longos segundos. Ele acaba dizendo:

– Conheço um excelente restaurante italiano, perto do Jardin Public, que faz o melhor risoto com tinta de lula que já comi. O que diz de irmos juntos uma noite dessas?

Nossos olhares se cruzam, sorrio e aceito. Uma boa refeição. Uma companhia inesperada, mas agradável. O futuro dirá o resto.

A pequena Mia está lá. Ela progride lentamente, ainda não consegue mamar com eficácia. Estou feliz de tê-la encontrado. Assim que se acomoda sobre mim, fixa os olhos nos meus. Encosto a cabeça na poltrona e penso no passado, como todas as vezes que estou aqui, diante do grande prédio branco.

A entrada de Florence me interrompe. Ela vem alimentar Mia. Está com o mesmo sorriso doce de sempre, mas seu rosto não esconde sua preocupação.

– Tudo bem, Florence?

Ela se deixa cair na cadeira. É a primeira vez que a vejo fraquejar.

– Estou cansada – ela murmura. – Temos dois colegas em licença médica e ninguém para substituí-los. O hospital abriu uma nova ala, mas faltam funcionários e não estamos nem perto de consegui-los. Estamos no limite.

Ela solta um longo suspiro. Seu olhar se turva:

– Pedi para mudar de setor. Escolhi essa profissão por vocação, amo-a profundamente, visceralmente, mas ela me torna infeliz. Às vezes, porque não temos espaço, somos obrigados a transferir os bebês para outros hospitais, ainda que eles não tenham forças para suportar o trajeto. E quando podemos recebê-los, não temos tempo de cuidar deles como seria preciso. Devido à falta de meios, colocamos em perigo a vida dos recém-nascidos. Não consigo assistir a essa tragédia.

Ouço-a, receptiva à sua aflição. Pouso a mão em seu ombro, delicadamente.

– Sinto muito dizer tudo isso – ela diz de repente. – Mas nós duas temos uma longa história, não é mesmo?

Meus olhos se enchem de lágrimas:

– Você me reconheceu? Não ousei me apresentar, estava convencida de que teria esquecido de mim, não quis constrangê-la.

– Demorei – ela concorda –, mas tive como que uma revelação da última vez que entrei no leito. Um *flashback*. Envelhecemos depois de todo esse tempo! Na época, todos a chamavam por um apelido. Lili, não é mesmo?

80
LILI

Seu pai estacionou o carro na frente de casa. Vim no banco de trás, admirando você o tempo todo. Segurei a respiração a cada quebra-molas. Ainda tenho que fazer alguns ajustes no quesito serenidade.

Subi a alameda com você no colo, consciente de viver o momento que tanto tínhamos esperado.

Seu pai abriu a porta. Milou correu para a rua.

Estavam todos ali, em torno da mesa da sala. Seu avô Édouard, sua madrinha Muriel, seus avós, seu padrinho, reunidos para recebê-la. Você continuou dormindo, de boca aberta sobre meu ombro.

Foi bom ver que compartilhavam nossa alegria.

Foi bom vê-los irem embora.

Sentei-me no sofá, bem instalada numa almofada e amamentei você, os olhos presos ao seus. Seu pai buscou o gato e se sentou a nosso lado. A máquina de lavar ronronava, o dia começava a cair, a tília projetava sua sombra no assoalho.

Você adormeceu em nosso quarto, no berço. Logo acima dele, seu pai pendurou um quadro branco, sobre o qual reproduziu os desenhos que ornavam seu leito. O golfinho continuava estranho.

Era uma felicidade simples, uma felicidade que não chamava a atenção.

Abri o caderno amarelo e escrevi essas últimas linhas. Não haverá outras.

Você sem dúvida nunca as lerá. Definitivamente, foi para mim mesma que registrei nossos primeiros momentos. Sinto que um dia precisarei olhar no retrovisor e me enxergar nele, jovem, dividida entre a apreensão e a excitação, fechar os olhos, tapar o nariz e pular na piscina grande.

Ser mãe.

Ser sua mãe.

Meu amor.

Minha filha.

Charline.

81
ÉLISE

Ainda estou emocionada quando chego em casa. Florence não esqueceu. A emoção que represo desde o retorno ao setor de neonatologia que tanto me marcou acaba me invadindo.

Édouard me espera no sofá. Sento a seu lado e o acaricio demoradamente.

Meu livro está quase no fim. Só me resta uma página. A capa amarela está intacta, o caderno ficou fechado numa caixa por 23 anos. Até eu sentir a necessidade de voltar a mergulhar em suas páginas.

Você sem dúvida nunca as lerá. Definitivamente, foi para mim que registrei nossos primeiros momentos. Sinto que um dia precisarei olhar no retrovisor e me enxergar nele, jovem, dividida entre a apreensão e a excitação, fechar os olhos, tapar o nariz e pular na piscina grande.

Ser mãe.

Ser sua mãe.

Meu amor.

Minha filha.

Charline.

Inspiro profundamente. Édouard pousa a cabeça em meu colo.

Mecanicamente, antes de fechar o caderno, viro a página. Para minha grande surpresa, encontro algumas linhas com a letra de minha filha.

Mãezinha, encontrei esse caderno durante minha breve visita. Li tudo, e quero dizer obrigada. Obrigada por nos inundar com seu amor, por nos transmitir sua confiança. Obrigada por nos ajudar a seguir em frente. Você é uma mãe excepcional e sei que será uma avó incrível. Temos uma sorte imensa. Mas agora está na hora de pensar em você. Fim do capítulo, mas não da história. Amo você com todo meu coração.

Charline

Enxugo as lágrimas aos prantos. Ela tem razão.

O período na piscina grande foi magnífico. Adorei ver meus filhos batendo perna, me molhando, se agarrando a mim quando não davam pé, aprendendo a nadar, cada vez mais longe. Mas agora a piscina está vazia. Chegou minha vez de sair da água e seguir meu caminho pelos próximos capítulos.

CHARLINE E THOMAS

Boa tarde, meus queridos, é a mãe. Eu só queria dizer que me sinto feliz de ser a mãe de vocês. Beijos. Mãe.
12h54

Charline
Tudo bem, mãezinha?
13h06

Thomas
Há mães demais numa mesma mensagem. Você não tem um dicionário de sinônimos?
13h08

Está tudo bem, querida. Diga a seu irmão que sua mãe o ama mesmo assim. Beijos. Mãe.
14h00

EPÍLOGO

É nosso encontro anual.

O ponto de encontro é nosso banco, na frente da maternidade. Nossos nomes e os de nossos filhos continuam gravados na madeira.

Chego com Leïla e Mohamed. Eles estão abarrotados de coisas.

– De novo preparou comida para o bairro inteiro! – exclamo, rindo.

– Até parece, não vai sobrar nada. Não tive tempo de fazer muita coisa, Inès deixou os gêmeos comigo o dia inteiro ontem. Já contei que Sohan vai ser pai?

Parabenizo minha amiga e conto que Charline está grávida. Ela me abraça com tanta força que meu sangue para de circular.

A energia de Leïla parece aumentar com o passar dos anos. Além de ter criado três filhos da mesma idade, cada um praticava ao menos um esporte e tocava um instrumento musical. Ela tem 55 anos e seus netos ficam cansados a seu lado.

Frédéric e Alice são os próximos. Fico feliz de vê-los juntos. No ano passado, ele veio sozinho, eles passavam por um período difícil. Em meu aniversário, Frédéric me contou que estavam se dando uma segunda chance.

– Como vão as crianças? – quer saber Leïla, abraçando-os.

– Maëlle vai casar no mês de maio – responde Alice –, e Milo continua igual. Sempre em casa, sempre entre dois empregos, sempre entre duas namoradas.

– Fizemos tanto para não perdê-lo que ele agora vai morar conosco até os 50 anos! – ri Frédéric. – Ah, Sophie chegou!

Ela vem com Alexis. Conheceu-o dois anos depois de nossa temporada hospitalar. Juntos, eles tiveram dois filhos e uma filha. Ela contorna a calçada suspirando:

– Talvez um dia tenhamos calçadas adaptadas.

Na cadeira de rodas que ela empurra, seu filho Clément abre um amplo sorriso. Como sempre. Ele não enxerga, não fala, não sabemos o que entende, mas é uma lição de vida. Sophie nunca se separa dele. Ela o leva ao supermercado, à piscina, ao restaurante, em viagens. "Acho que é feliz", ela costuma dizer. De olhar para ele, diríamos que sim. Ela também.

Ela se aproxima para me abraçar, os olhos apertados:

– Continua com medo de mim?

– Não, conheço você bem demais para isso.

Ela franze o cenho e tira um canivete do bolso:

– Parece que não me conhece tão bem assim…

Todos riem, eu também, ainda que, por um quarto de segundo, o olhar sombrio cause o efeito desejado.

Observo meus amigos, os nomes no banco, o grande prédio branco, lembro-me dos primeiros passos de Charline, das primeiras palavras de Thomas, do pedido de casamento do pai deles, do pôster de Biarritz dado pelo meu pai, do sorriso de minha mãe, e uma lufada de felicidade me invade.

Depois de vividas, as pequenas alegrias não desaparecem. Em algum lugar, bem no fundo, elas duram para sempre. São chamadas de recordações.

AGRADECIMENTOS

Este romance não estava previsto. Um garotinho fazia minha barriga e meu coração crescerem, então decidi fazer uma pausa para me dedicar a ele e a seu irmão mais velho. Às vezes, porém, a vida atropela nossas resoluções.

Foi num leito de reanimação neonatal, junto a meu filho ligado a aparelhos, que essa história começou a ser escrita. Para voar para longe de meu pavor, não dispus de nenhum pôster de Biarritz, mas de minha imaginação.

Você acaba de fazer 7 meses e cada um de seus sorrisos apaga a lembrança dos bipes angustiantes. Você é minúsculo, mas já ocupa tanto espaço.

É a você que quero agradecer em primeiro lugar. Obrigada, meu filho, por ser tão forte. Obrigada por ter me soprado esse romance. Obrigada por ter vindo completar nossa família. Eu não sabia como sentia sua falta.

O segundo agradecimento, profundo, imenso, vai para a equipe médica. Para essas pessoas admiráveis que um dia decidem dedicar suas vidas a cuidar dos outros. Não avaliamos, antes de vê-los em ação, o tamanho de seu engajamento, de sua generosidade e de sua abnegação.

Um agradecimento especial a vocês que nos acompanharam durante esse período: as enfermeiras e auxiliares do setor de reanimação neonatal e de neonatologia da maternidade do Hospital Pellegrin de Bordeaux: Florence Ricard, Estelle Bessy, Hélène Fau, Laëtitia, Jessica, Lorie e todas as outras cujos nomes esqueci, mas não o sorriso; o doutor Frédéric Coatleven;

a parteira Charline Pierre; a psicóloga Éva Toussaint; a auxiliar de pediatria Selena; o doutor Muriel Rebola; o doutor Éric Dumas de la Roque; a parteira Pauline Lastera; a parteira Cécile Davidson; a parteira Fanny Bourdarias. Vocês foram meus melhores encontros efêmeros indeléveis.

Obrigada a Jean-Louis.

Um dia você me contou que, desde que ficara doente, decidira deixar de se preocupar com as conveniências. Você dizia o que pensava e seus exemplos me faziam rir às gargalhadas. Um pouco mais tarde, contei-lhe que você me inspirara um personagem de um romance. Infelizmente, não teve tempo de conhecê-lo, mas tenho certeza de que teria gostado dele.

Obrigada a meus outros filhos.

Àquele que se tornou um maravilhoso irmão mais velho e que ilumina meus dias com seu bom humor, com sua fantasia e com sua sensibilidade. A vida é tão boa a seu lado.

Àquele que zela pelos dois irmãos menores e para sempre será nosso primogênito. Meu grande ausente.

Obrigada a meu marido.

Por me encorajar, me tranquilizar, me reler mesmo quando está com muita vontade de dormir, me dar ideias, cuidar de tudo quando me fecho em minha caverna para escrever, me fazer rir, me compreender. Obrigada por ter me incitado a escrever meu primeiríssimo manuscrito. Obrigada por ter acreditado em mim por nós dois. Tenho uma sorte incrível de ter me deparado com você numa manhã de fevereiro de 2005.

Obrigada infinitamente àquelas e àqueles que aceitaram reler meu manuscrito: Florence Ricard, Muriel Tisserand, Marianne Tisserand, Marie Louillet, Marine Climent,

Serena Giuliano, Cynthia Kafka, Marie Vareille, Constance Trapenard, Faustine Monegier, Florence Prevoteau, Michael Palmeira, Camille Anseaume, Sophie Bordelais. Seus comentários foram preciosos.

Obrigada, mamãe, as estrelas em seus olhos são minha melhor recompensa.

Obrigada, vovó, por ter me passado o gosto pela escrita e por ser profundamente feliz por mim.

Obrigada, vovô, por me apoiar com entusiasmo desde o início.

Obrigada, Marie, por me fornecer um estoque de fotografias de seu sorriso sempre que você se depara com um de meus romances (e por me aguentar desde 1983).

Obrigada, Yanis e Lily, por posarem orgulhosamente ao lado de sua mãe. Amo vocês, meus camelinhos.

Obrigada, papai, por ser tão orgulhoso, sorrio sempre que vejo meus livros expostos em sua sala.

Obrigada, Serena, por sua preciosa amizade, nossas risadas descontroladas, por seu apoio e sua escuta, mas principalmente por Cagolance.

Obrigada a meus amigos: Marine Climent, Cynthia Kafka e Sophie Henrionnet, Mylène Tisserand, Gaëlle Brédeville, Baptiste Beaulieu, Faustine Monegier, Justine Behar. Obrigada por fazerem parte de minha vida e de não ficarem zangados comigo quando levo dez dias para responder a uma mensagem.

Obrigada à minha querida editora, Alexandrine Duhin, que se tornou muito mais do que isso com o passar do tempo. Obrigada por sua delicadeza, sua presença constante e a energia incrível que coloca em meus romances.

Obrigada a toda a equipe da editora Fayard. Desenvolvi laços particulares e fortes com cada um de vocês e me sinto muito sortuda de ter aterrissado numa editora que coloca o fator humano acima de tudo: Sophie de Closets, Jérôme Laissus, Éléonore Delair, Katy Fenech, Laurent Bertail, Carole Saudejaud, Catherine Bourgey, Florian Madisclaire, Pauline Duval, Romain Fournier, Pauline-Marguerite Faure, Ariane Foubert, Lily Salter, Véronique Héron, Florence Ameline, Iris Neron-Bancel, Anne Schuliar.

Obrigada à toda a equipe da Livre de Poche por darem uma nova vida a meus romances e fazerem eu me sentir em família: Béatrice Duval, Audrey Petit, Zoé Niewdanski, Sylvie Navellou, Anne Bouissy, Florence Mas, William Koenig, Bénédicte Beaujouan.

Obrigada aos livreiros por apoiarem meus romances com tanta paixão. Sempre fico muito comovida quando um leitor me descobre graças às recomendações de vocês.

Obrigada aos distribuidores por levarem minhas histórias com entusiasmo e permitirem que alcem voo.

Obrigada aos *bloggers*, *instagrammers* e a todas as pessoas que publicam on-line suas impressões de leitura. Sempre fico emocionada com a generosidade que os leva a compartilhar o que pensam para ajudar outras pessoas. Obrigada por serem pontes entre os leitores e minhas histórias.

Por fim, um imenso obrigada a vocês, queridas leitoras e queridos leitores. A escrita é uma atividade solitária, tiro minha inspiração do fundo de mim mesma, mergulho minha pena em emoções e coloco no papel coisas que me tocam, sem saber se chegarão a tocá-los. Quando isso acontece, quando vocês me contam que a história que imaginei fez eco à de vocês, quando confessam terem chorado, rido às gargalhadas, terem se abalado, é maravilhoso. Surge uma espécie de conexão entre nós, e vocês não imaginam a que ponto isso é importante para alguém que sempre se sentiu um pouco diferente devido à sua extrema sensibilidade.

Obrigada, do fundo do coração, por isso e por todo o resto.

Por suas mensagens, de que saboreio cada palavra como se fosse a primeira.

Por nossos encontros, por seus sorrisos, suas lágrimas, por nossas trocas, que me provocam tantas emoções.

Por sua impaciência diante do anúncio de um novo romance.

Por nossa interação, tão importante para mim, nas redes sociais.

Pelo presente que vocês me dão quando gostam de meus romances a ponto de ofertá-los ou emprestá-los às pessoas que amam.

Por me fazerem viver uma aventura extraordinária. Sem vocês, ela não teria o mesmo sabor.

OBRIGADA.

Este livro foi composto com tipografia Adobe Garamond Pro e
impresso em papel Off-White 70 g/m² na Formato Artes Gráficas.